작가의 인생 공부

작가의 인생 공부

초판 1쇄 인쇄 _ 2022년 10월 1일
초판 1쇄 발행 _ 2022년 10월 5일

지은이 _ 이은대

펴낸곳 _ 바이북스
펴낸이 _ 윤옥초
책임 편집 _ 김태윤, 박하원
책임 디자인 _ 이민영, 이정은

ISBN _ 979-11-5877-311-3 03800

등록 _ 2005. 7. 12 | 제 313-2005-000148호

서울시 영등포구 선유로49길 23 아이에스비즈타워2차 1005호
편집 02)333-0812 | **마케팅** 02)333-9918 | **팩스** 02)333-9960
이메일 bybooks85@gmail.com
블로그 https://blog.naver.com/bybooks85

책값은 뒤표지에 있습니다.
책으로 아름다운 세상을 만듭니다. ― 바이북스

미래를 함께 꿈꿀 작가님의 참신한 아이디어나 원고를 기다립니다.
이메일로 접수한 원고는 검토 후 연락드리겠습니다.

잘 쓰기 위해 잘 살기로 했다

작가의 인생 공부

글 ____ 이은대

ByBooks

쓰는 인생이라 다행입니다

내 인생 이제 오후 5시. 밤 12시가 되면 잠자리에 듭니다. 사람 앞일은 장담할 수 없어서, 저녁 6시나 7시쯤 생을 마감할 수도 있다는 생각을 하면 왠지 조바심이 납니다. 아직 다 쓰지 못했는데. 삶을 관통하면서 마주했던 시련과 아픔, 기쁨과 행복, 찰나의 감정과 깨달음 덕분에 어찌 되었든 여기까지 왔습니다. 돌아보면 아쉬움 가득합니다. 스무 살의 나는 철이 없었고, 서른의 나는 활활 타올랐으며, 마흔의 나는 세상으로부터 외면당했었지요. 그 시절의 나에게 편지 한 통 보낼 수 있는 기회가 주어진다면, 지금까지 썼던 모든 글보다 더 심혈을 기울여 한 줄 한 줄 진심을 담아내고 싶습니다. 스무 살의 나에게는 겸손을 말해주고 싶고, 서른의 나에게는 멈춤을 전해주려 하고, 마흔의 나에게는 괜찮다는 위로 전해주고 싶습니다. 허무한 바람입니다. 불가능한 일이지요. 그래서 하루 해가 저물 때마다 가슴이 시큰거립니다.

　'우연한 어떤 기회에' 글을 쓰기 시작했다는 작가들이 많은
데, 저는 좀 다른 경우입니다. 지푸라기라도 잡겠다는 절박한
심정으로 작정하고 시작했습니다. 작가로서 철학이나 가치관
따위 전혀 없었고, 대박 터트려 돈 벌어 재기하겠다는 속물근
성이 내 글쓰기 동력이었습니다. 부끄럽지만, 한편으론 다행이
었습니다. 그렇게라도 쓰기 시작한 덕분에 다시 살아낼 수 있
었으니까요.

　조정래, 박경리 같은 거장 정도 되어야 '쓰는 인생'에 대해
거론할 자격이 있는 것 아닐까라는 생각이 들었습니다. '글쓰
기와 책쓰기'에 관한 책을 출간한 후 한참 지나서야 이런 생각
을 하게 되었으니 지난 졸작을 떠올리면 쥐구멍에라도 숨고 싶
습니다. 제 책을 읽고 자신의 글을 쓰기 시작한 사람이 몇 있으
니 그나마 작은 위로라도 되었지요. 작은 위로가 부끄러움을

넘어서지 못하고 있음에도 나는 여전히 쓰기를 멈출 수 없습니다. 쓰지 않고 있으면 나는 대체 무엇 때문에 존재하는가라는 엉뚱하고도 심오한 질문이 끝도 없이 덮쳐 와서 불안하고 초조합니다. 정체성을 잃어버린 존재야말로 최악이 아닐는지요.

왜 글을 써야 하는가라고 묻는 사람들을 종종 만납니다. 당연한 질문처럼 여겨질 정도입니다. 쓰지 않아도 사는 데 아무 지장 없다는 논리가 저변에 깔려 있기 때문일 테지요. 맞습니다. 인정합니다. 글 쓰지 않아도 사는 데 아무 지장 없습니다. 코로나 사태로 본격 시작된 온라인 시대에 글 쓰는 능력이 개인 경쟁력의 절대 요소라고 주장하는 사람도 많지만, 어쨌든 여전히 많은 사람이 쓰지 않고도 잘 살고 있으니 써야 한다, 안 써도 된다 따위 논쟁은 의미가 없을 것 같습니다.

제 이야기를 좀 하자면, 사업 실패로 재산과 사람 모두 잃고 나락으로 떨어졌다가 인생을 다시 시작할 무렵 글쓰기라는

작가의 인생 공부

도구가 큰 힘이 되었던 게 사실입니다. 세상 사람들에게 '나의 이야기'를 전하고, 그들의 공감과 응원에 힘입어 존재 가치를 느끼게 되었고, 제게도 다른 사람을 도울 만한 무언가가 아직 남아 있다는 생각이 삶에 대한 애착과 근성을 불러일으켰으니 말입니다.

제가 쓴 글이 저를 살렸다고 해도 과언이 아니지만, 한편으로는 쓰는 과정에서 배우고 익힌 것이 더 많았습니다. 특히, 어떻게 써야 하는가라는 문제가 어떻게 살아야 하는가라는 질문에 겹쳐 매 순간 숙고할 수 있었고, 그 과정을 통해 삶과 글이 '통한다'는 진실을 알았을 때 눈앞에 횃불 하나가 훤히 켜지는 듯했습니다. 글을 잘 쓰기 위해서는 주제, 소재, 구성, 문법, 문맥, 문장력 등 어느 하나 소홀히 다룰 게 없지만, 무엇보다 중요한 것은 삶과 글이 일치되어야 한다는 점을 기억해야 합니다. 세상 어떤 작가가 자신의 삶과 글이 같다고 큰소리 칠 수 있을까요? 때문에 글 쓰는 길은 끝이 없고 계속 공부하고 노력해야 하는 여정이라 할 수 있겠습니다.

공부하고 노력하는 중입니다. 걸어온 길보다 걸어가야 할 길이 멀지만, 그동안 배운 글과 삶을 정리하고 싶다는 생각이 들었습니다. 작대기 하나 이등병도 갓 들어온 신병 앉혀놓고 '군 생활의 진리'에 대해 일장 연설을 하는데, 신병 입장에서는 이게 또 상당한 도움이 되거든요. 글쓰기를 군 생활로 치자면 저는 아직 이등병 수준입니다. 배 주려가며 집필한 거장들의 글을 읽을 때마다 모골이 송연하고 얼굴이 벌게집니다.

이런 심정으로 쓴 책입니다. 그러니 모질게 '평가'하려고 들지 마시길. 삶과 글에 대한 배움의 기록 정도로 봐 주시면 좋겠습니다. 세상에는 늘 '신병'이 있게 마련이고, 그들에게는 저의 글과 책이 조금이나마 도움될 거라 확신합니다.

힘든 날에도 글을 썼고, 아픈 순간에도 글 썼으며, 쓰기 싫은 날에도 한 줄 적었습니다. 제법 썼다 싶은 날에는 인생도 좋왔고, 기쁘고 행복하다 싶은 날에는 글도 잘 써졌습니다. 쓰는 게 사는 거랑 똑같구나 싶어서 더 잘 살고 싶어졌습니다. 잘 사는 방법을 문장에서 배웠습니다. 기록으로 남깁니다. 쓰는 인생이라 다행입니다.

2022년 가을에
이은대

차례

chapter 01

나를 위한 글쓰기

chapter 04

철학을 위한 글쓰기

chapter 01

나를 위한 글쓰기

인생, 생략하지 마라

주어란 무엇인가요? 문장의 주인입니다. 문장을 이끌어가는 리더입니다.

'나는 학교에 다녀왔다'라는 문장에서 주어는 '나는'입니다. 육하원칙 중에서 '누가?'라는 질문에 대한 답이 바로 주어인 것이죠. 중요성을 굳이 강조할 필요조차 없을 것 같습니다. 주인공 없는 영화나 소설을 상상할 수 없듯이, 주어 없는 문장이나 글은 있을 수 없습니다. '싸웠다'라고 말하면 당장 묻게 됩니다. 누가? '복권에 당첨됐다'라고 해도 궁금합니다. 누가? 문장의 모든 요소는 주어에 종속됩니다.

주어는 이토록 중요하지만, 기본 중의 기본이라는 이유로 소홀히 다루어지는 경우가 많습니다. 주어를 제대로 알지 못하고 쓰는 초보 작가가 많은 것도 이 때문이지요. 작가 머릿속으로 당연히 '그 사람'이라고 생각한 탓에 소홀히 다루면, 독자는 혼란에 빠지고 글은 힘을 잃습니다.

　주어의 중요성을 강조하고 있지만, 이 주어를 생략해도 되는 때가 있습니다. 일인칭 주어를 사용할 때입니다. '나는' 또는 '내가' 등으로 쓰이죠. 나는 학교에 다녀왔다, 나는 밥을 먹었다, 나는 학원에 갔다⋯⋯ 누가 봐도 주어가 '나는'이란 사실을 확연히 알 수 있을 때, 굳이 '나는'이라는 주어를 되풀이해서 쓸 필요는 없습니다. 말을 바꾸겠습니다. 생략해도 된다가 아니라 생략해야 합니다. 빼도 되는 단어는 빼는 것이 정답입니다. 그 외에도 주어가 누구인지 확실히 알 수 있을 때는 생략해도 무방합니다. 이어지는 문장에 계속해서 똑같은 주어를 되풀이할 필요 없습니다. 짧고 간결한 문장이 독자의 이해와 가독성을 높이지요. 일인칭 주어를 비롯해서, 뻔히 알 만한 상황의 주어를 과감히 생략하면 문장은 한결 깔끔해집니다. '학교에 다녀왔다. 밥 먹고 학원에 갔다.'

　사업 실패로 모든 것을 잃고 밑바닥 인생을 살았던 시절 다짐한 바가 있습니다. 두 번 다시 고개 숙인 채 살지 않겠다고. 세상 앞에 무릎 꿇었던 순간의 참혹했던 심정이 지금도 생생합니다. 견딜 수 없는 치욕. 죄를 지었으니 어쩌겠습니까. 아랫입술을 얼마나 씹었던지 피가 날 지경이었습니다. 다른 건 어떻게든 참겠는데, 고개를 숙이는 것만큼은 도저히 용납할 수가 없었지요. 그래서 결심했습니다. 남은 인생에서 고개 숙이는 일 없도록 살겠다고.

삶으로 돌아왔을 때, 고개 숙인 사람이 너무 많다는 사실에 놀라지 않을 수 없었습니다. 죄인도 아니고 노예도 아닌데 왜 저리도 고개를 숙인 채 살아가는 것일까. 예전에도 이렇게 많은 사람들이 고개 떨구고 살았나 기억나지 않았습니다. 이해할 수 없었습니다. 아이를 키우는 엄마가 고개를 숙였습니다. 직장 다니는 사람들이 고개를 숙였습니다. 나이가 많다는 이유로 고개를 숙였고, 장애인이란 이유로 고개를 숙였습니다.

문장에서 일인칭 주어는 생략해도 된다고, 생략해야 한다고 강조했습니다. 인생에서 일인칭 주어는 절대 생략하지 말아야 합니다. 필사적으로 지켜야지요. 일인칭 주어가 빠진 인생이 무슨 의미가 있겠습니까. 부모도 자식도 '내'가 건재한 후에야 의미를 갖는 존재입니다. 자신의 이익만을 우선으로 여기는 이기주의와는 전혀 다른 이야기지요. 존재 가치와 본질. 어떠한 경우에도 온 힘을 다해 지켜내야 할 사람이 바로 나 자신이라는 말입니다.

문장에서 일인칭 주어는 나머지 절을 이끄는 리더의 역할을 수행합니다. 인생에서 일인칭 주어는 삶의 통수권자입니다. 어떤 성과를 얼마나 내었는가 따위의 채점과는 무관합니다. 일인칭 주어는 임명되거나 선택받는 것이 아니라 그 자체만으로 모든 권한과 책임을 부여받습니다. '나'는 태어나면서부터 비교 대상 없는 유일무이한 존재임을 잊어서는 안 됩니다. 고개 들고 어깨 펴고 당당하게! 해야 할 일이 많습니다. 주어진 인생을 확장시켜야 하고, 힘들고 지친 사람들을 도와주어야 하고, 자신의 경험과 지식으로 더 나은 삶을 추구해야 합니다. 짐승의 대가리는 앞에 달렸지만 인간의 머리는 위에 달렸습니다. 숙이지 말라는 뜻입니다. 떨구지 말라는 증거입니다.

실수하고 실패할 수 있습니다. 저도 그랬고 당신도 그랬고 세상 사람 모두 마찬가지입니다. 아직 실수나 실패 경험 없는 사람이라면 앞으로 겪게 될 겁니다. 예외는 없으니까요. 그러니, 실수와 실패조차도 고개를 숙일 이유가 되지 못합니다. 실수와 실패는 도전하는 사람만이 가질 수 있는 경험입니다. 견장이나 다름없지요. 오히려 떳떳하게 밝히고 한 걸음 도약한다는 심정으로 나아가야 합니다.

자존감 중요합니다. 자신감 필요합니다. 어려운 말 쓰지 말고 고개부터 들어야 합니다. 밖에 나가면 길바닥 보지 말고 제일 먼저 태양과 하늘과 구름부터 봐야지요. 어깨 쫙 펴고 소리도 꽥 지릅니다. 어느 맥주 광고에서 날렸던 멋진 멘트를 기억합니까? "덤벼라 세상아!"

"무엇 하나 잘난 구석이 있어야 고개를 들고 살지요……"

잘 몰라서 이런 말 하는 겁니다. 당신은 당신이기 때문에 이미 최고입니다. 약해빠진 생각이 드는 것은 그럴 만한 이유가 있는 게 아니라 생각하는 습관 때문입니다. 성공 경험이 없거나 인정받은 적 없기 때문에 능력이나 자질이 부족하다는 생각으로 살아온 탓이죠. 잘못된 게 있으면 뜯어고치면 됩니다. 잘못된 생각 습관이니까 이제부터 다르게 생각하면 되는 것이죠. 내가 고개를 들지 못할 이유가 뭐 있어? 내가 당당하지 못할 이유가 어디 있어? 어차피 지금 인생도 썩 마음에 들지 않는데, 당당하게 고개 들고 산다고 해서 더 나빠질 게 있겠어? 큰 소리로 한 번만 외쳐 보길 권합니다. 저도 이렇게 해서 생각 습관을 바꾸었습니다. 고개 들고 어깨 펴고 산다고 해서 무조건 성공한다고 말할 수는 없지만, 적어도 지금보다는 나아집니다. 자신을 대하는 태도가 세상을 대하는 태도를 바꾸고, 태도가 바뀌면 인생도 달라집니다. 소중한 삶입니다. 인생에서 '나'라는 일인칭 주어를 생략하는 일, 절대 없었으면 좋겠습니다.

작가의 인생 공부

단호하게!

서술어란 한 문장에서 주어의 움직임, 상태, 성질 따위를 서술하는 말입니다.

'나는 학교에 다녀왔다'라는 문장에서 서술어는 '다녀왔다'입니다. 서술어는 문장에 있는 모든 단어들의 최종 결과입니다. 중요하지 않은 문장성분은 없겠지만, 특히 서술어는 그 중에서도 가장 중요하다 말할 수 있습니다. 서술어가 빠지면 문법에 어긋나는 정도가 아니라 아예 문장 자체가 성립하지 않기 때문입니다. '철수가 뛰어간다'라는 문장에서 서술어인 '뛰어간다'는 주어인 철수의 움직임을 나타냅니다. '물건이 가볍다'라는 문장에서는 서술어 '가볍다'가 주어 '물건'의 상태를 설명합니다. '손흥민은 축구선수다'라는 문장에서 '축구선수다'라는 서술어는 주어 '손흥민'을 정의하고 있습니다. 이처럼 서술어는 문장에서 '어찌하다, 어떠하다, 무엇이다' 등으로 기능합니다.

자신이 글을 제대로 쓰고 있는가 살피는 가장 기본적인 방법은, 주어와 서술어만 따로 떼어 연결시켜 보는 것이지요. '주어+서술어'가 말이 되면 일단은 큰 문제없다고 봐야 하고, '주어+서술어' 연결이 자연스럽지 않다면 분명 무슨 문제가 있다고 판단하면 됩니다.

서술어는 단호해야 합니다. 독자는 작가를 신뢰합니다. 작가의 이야기에 귀를 기울이지요. 작가가 오리무중 애매모호한 표현을 쓰면 독자는 책을 읽을 이유가 없습니다. '나는 학교에 다녀왔다는 생각을 가끔 하는 것 같다.' 이런 문장은 빵점입니다. 특히, 마지막에 쓴 '~인 것 같다'라는 표현은 최악이지요. 작가는 자신의 경험과 느낌과 지식을 씁니다. 자신의 감정에 확신이 없거나 잘 모르겠다 싶을 때에는 '나도 내 감정에 대해 잘 모르겠다'고 단호하게 쓰면 됩니다. 자신이 느낀 감정에 확신을 갖지 못한다면 차라리 쓰지 않는 편이 낫습니다.

인생에서도 마찬가지입니다. 결단할 줄 알아야 합니다. 많은 사람이 결단 앞에서 망설이고 주저합니다. 두렵고 불안하기 때문입니다. 성공한 사람들은 한결같이 결단을 내린 사람들이죠. 그들은 우리와 무엇이 다를까요? 책임지겠다는 태도입니다. 자신의 결단에 따라 행동하고, 그에 따른 모든 책임을 스스로 지겠다는 마음가짐으로 삶을 대하니까 속도감 있게 뻗어나갈 수 있었던 것입니다. 세상이 복잡해지고 빠른 속도로 변화하는 탓에 결단하기가 점점 더 어려워졌습니다. 후회하지는 않을까? 잘못되면 어쩌지? 내가 잘할 수 있을까? 그냥 지금에 머물러 있는 게 낫지 않을까? 소극적인 자세로 인생을 대하니까 모처럼 다가온 기회조차 놓치는 경우가 많습니다.

저도 단호하지 못했습니다. 이렇게도 못하고 저렇게도 못하겠다, 망설이고 주저하면서 시간만 보냈지요. 한편으로는, 내일 아침 눈을 뜨면 모든 것이 제자리로 돌아가 있기를 바라는 허망한 생각을 품기도 했습니다. 잘 되기를 바라는 마음이야 모든 사람의 공통적인 생각이겠지만, 무슨 일이든 저절로 잘 되는 경우는 없다는 사실 또한 명심해야 합니다.

몇 달 전, 나들이 갔던 어머니가 낙상 사고를 당해 고관절이 골절되었습니다. 사태는 심각했습니다. 구급차를 타고 제천 명지병원 응급실로 갔는데, 설상가상으로 코로나 확진까지 받았습니다. 대구 집에 있던 제가 빠르게 결단을 해야 할 상황이었습니다. 사설 앰뷸런스를 요청하고, 대구 경북대학 병원에 전화하여 수술 가능 여부를 문의하고, 입원실을 확인하고, 제천 명지병원 측에 협조를 요청했습니다. 만약 제가 조금이라도 망설이거나 주저했더라면 어머니 상황이 얼마나 악화되었을지 짐작조차 하기 어렵습니다.

2016년부터 글쓰기·책쓰기 강의를 시작했습니다. 전국 각지를 다니며 많은 수강생들과 글 쓰는 삶을 나누었지요. 무대 위에서 나름의 스타일로 최선을 다해 강의한 덕분에 약 3년간 엄청난 성장을 이뤘습니다. 2019년 연말, 생각지도 않았던 코로나19라는 바이러스가 전 세계를 강타했습니다. 오프라인 수업을 계속할 방법이 없었지요. 급기야는 2020년 3월, 강의를 한 번도 하지 못하는 사태에까지 이르렀습니다. 더 이상 고민하고 망설일 시간이 없었습니다. 온라인 강의로 전환하고, 사무실을 임대했고, 카메라와 마이크와 조명 장치를 구입했습니다. 온라인으로는 도저히 어려울 거라고 생각했던 글쓰기·책쓰기 수업은 오프라인보다 훨씬 많은 수강생과 실시간 문장 수업 등으로 폭풍 성장을 이어가고 있습니다.

결단은 두렵습니다. 누구나 마찬가지입니다. 앞을 내다볼 수 없는 상황에서 자신감과 확신을 갖고 도전할 수 있는 사람이 몇이나 되겠습니까. 그럼에도 잊지 말아야 할 점은, 변화하고 적응하지 못하면 도태된다는 사실이지요. 안정적인 삶을 좋아하지만, 아무런 도전 없이 현 상태를 유지하겠다는 안일한 생각이야말로 안정을 파괴하는 가장 큰 주범이란 사실을 잊어서는 안 됩니다. 실수와 실패를 좋아하는 사람은 없을 겁니다. 하지만 성장하고 성공하기 위해서 반드시 거쳐야 할 과정이 실수와 실패라는 사실도 기억해야 합니다. 성공만 한다면 잠깐 좋을지는 모르겠지만, 아무것도 배운 게 없기 때문에 새로운 도전 앞에서 또 두려워해야 합니다. 실수와 실패를 겪는 사람은 그를 통해 배우고 익힌 점이 많아서 또 다른 일을 할 때도 점점 노하우와 실력이 쌓일 수밖에 없지요. 실패 경험 많은 사람이 이깁니다. 틀림없습니다. 그러니 일부러 자초해서라도 실수와 실패를 경험해야 합니다.

글 쓰고 책 쓰라고 하면 준비부터 철저히 갖춘 후에 시작하겠다는 사람 많은데요. 준비하고 시작하는 게 아니라, 시작하고 계속하면서 준비하는 겁니다. 한글 쓸 줄 알면 됐지 무슨 준비가 더 필요합니까. 지금까지 6년 넘게 글쓰기·책쓰기 강의를 진행하고 있는데요. 준비하고 시작하겠다던 사람 중에 쓰기 시작한 사람 한 명도 없습니다. 과장이 아닙니다. 정말로 한 명도 없습니다. 이 말은 무엇을 뜻하는 것일까요? 뒤로 물러날수록 나아가기가 더 어려워진다는 뜻입니다. 단호하게 결단하지 못하는 사람은 점점 더 망설이게 되고, 망설일수록 더 두려워지며, 두려워할수록 더 움츠러들게 마련입니다.

서술어는 단호하게 써야 합니다. 인생 선택과 판단의 기로에서 결단은 단호해야 합니다. 실수하고 실패할 겁니다. 거기서 배우고 깨달은 후에 다시 일어서면 됩니다. 조심조심 살얼

음판 걷듯이 살지 말고, 모든 결과를 책임지겠다는 마음으로 한 걸음 성큼 나아가시길 바랍니다.

작가의 인생 공부

핏빛보다 선명하게

목적어는 타동사가 나타내는 동작(움직임)의 대상이 되는 말입니다. 동사에는 타동사가 있고 자동사가 있지요. 동사 혼자 독립적으로 기능할 수 있을 때 이를 자동사라고 하고, 도와주는 녀석이 있어야만 비로소 뜻이 완전할 수 있는 동사를 타동사라고 합니다. '먹다'라는 동사는 혼자서는 불완전합니다. '밥을, 음식을, 고기를' 등과 같은 대상이 있어야만 뜻이 완전해집니다. 여기서 '밥을, 음식을, 고기를' 따위와 같이 '을/를/ㄹ' 등이 붙는 말을 목적어라고 합니다.

목적어는 크게 두 가지로 나뉩니다. 직접목적어와 간접목적어입니다. '사장은 직원들에게 월급을 주었다'라는 문장에서, 동사는 '주었다'이고 목적어는 '월급을'이 되겠지요. '월급을 주었다'만으로도 문장 자체에는 이상 없지만, 누구한테 주었는지 의문이 생길 겁니다. 이럴 때 '직원들에게'라는 표현이 바로 간접목적어가 됩니다. 흔히 '에게'라는 조사를 붙여 사용합니다.

문장에서 목적어가 빠지면 어떻게 될까요? '나는 먹는다.', '엄마는 들었다.', '선생님은 시켰다.' 등의 문장을 보면, 무엇을 먹는지, 무엇을 들었는지, 무엇을 시켰는지 전혀 알 수가 없습니다. 글을 아무리 열심히 써도, 목적어가 빠지면 무슨 말인지 알 수가 없다는 뜻입니다. 목적어는 문장의 뜻을 분명히 하고, 동사의 의미를 명확히 하는 역할을 담당합니다.

인생에서 목적어는 무엇일까요? 네, 맞습니다. 꿈과 목표라고 정의할 수 있겠지요. 무엇을 향해 가고 있는가? 어디를 향해 달리고 있는가? 이런 질문에 대한 답이 바로 인생 목적어입니다. 문장에서 목적어 빠지면 무슨 말인지 이해할 수 없다고 했지요? 인생에서 꿈과 목표 빠지면 어디로 가고 있는지 방향을 잃게 됩니다. 목적지가 어디인 줄도 모른 채 매일 열심히 달리고 있다면, 당장 멈춰 서서 생각하고 방향을 잡아야 합니다.

돈만 많이 벌면 된다고 생각했습니다. 죽기 살기로 일했지요. 문득 정신을 차려 보니 낭떠러지 바닥에 주저앉아 있더군요. 저는 벼랑 끝을 향해 질주했던 겁니다. 이 얼마나 어리석은 인생인가요! 딱 한 번만이라도 멈춰 서서 꿈과 목표를 생각했더라면, 그렇게까지 처참하게 무너지지는 않았을 겁니다. 저는 지금도 치열하게 살고 있습니다. 허나, 예전과는 전혀 다릅니다. 하루에 한 번씩 멈춥니다. '모닝 저널'이라고 이름 붙인 일기를 매일 쓰고 있지요. 지극히 사적인 내용의 글을 쓰면서도 정신이 번쩍 뜨는 때가 한두 번이 아닙니다. 목표를 잃은 것은 아닌가, 다른 사람 말에 휘둘리고 있는 건 아닌가, 이유 없이 불안에 떨고 있지는 않은가, 괜한 욕심을 부리고 있는 것은 아닌가, 말과 행동을 소홀히 하지는 않았는가…… 글 쓰는 삶을 전하겠다는 큰 목표 아래에서 다른 모든 걱정과 근심과 스트레스는 사사로운 감정으로 물러납니다. 새로운 삶을 시작하면서 인생 목표를 세우는 나름의 규칙을 정했습니다. 각자의 꿈과 목표를 정비하는 데 참고가 되면 좋겠습니다.

첫째, 현실 가능성보다 조금 높게 설정합니다. 쉽게 달성할 수 있는 목표는 심장을 뜨겁게 만들지 못합니다. 그렇다고 해서 터무니없는 목표를 정하면 의욕을 상실하게 되지요. 도전하는 과정에 적절한 긴장을 유지할 수 있는 수준의 목표를 정하는 것이 자극과 동기를 지속적으로 부여할 수 있는 요령입니다. 이렇게 높은 목표를 정하면 달성하지 못할 수도 있습니다. 아무 문제 없습니다. 목표를 낮게 잡았을 때보다 훨씬 크게 성장할 수 있기 때문입니다. 천만 원 목표를 세우면 잘해 봐야 천만 원 벌겠지만, 이천만 원을 목표로 잡으면 못해도 천오백만 원은 벌 수 있습니다. 담대해질 필요가 있습니다. 목표를 크게 세우고, 한 번 도전해 보는 거지요.

둘째, 목표를 달성했을 때의 기분을 상상하고 실제로 느낄 수 있어야 합니다. 낮은 목표는 별로 행복하지 않을 가능성이 크고요. 허황된 목표는 상상 자체가 힘들다는 단점이 있습니다. 나의 노력으로 그곳에 닿게 된다면 얼마나 행복할까? 그렇게 되면 나는 이런 하루를 보내고 있겠지! 사람들과는 이렇게 지낼 테고, 돈은 풍족할 것이며, 사랑하는 가족과 이런 시간을 보내고 있을 거야! 상상만 해도 입가에 미소가 지어지는, 그런 목표를 정해야 지속적인 노력과 도전을 할 수 있습니다.

셋째, 큰 목표를 세운 다음에는 반드시 잘게 쪼개는 작업을 해야 합니다. 인생 목표를 정하고, 나이 예순까지 목표 정하고, 10년 후 목표 정하고, 5년 후 목표 정하고, 1년 후 목표 정하고, 한 달 목표 정하고, 일주일 목표 정하고, 오늘 하루 목표를 정해야 합니다. 많은 사람이 '올해 안에 반드시!'라고 목표를 세웁니다. 일 년의 목표를 정했다면 반기, 분기, 월 목표도 명확해야 합니다. 하루 목표까지 세분화하지 않으면, 목표를 달성하기까지의 시간이 많이 남은 것처럼 느껴져서 실행을 게을리 하게 되지요. 목표가 무엇인가 하는 것도 중요하지만, 그 목표 달성을 위해 오늘 무엇을 했는가 하는 질문과 답이 훨씬 중요합니다.

넷째, 뜬구름 잡는 목표보다 손에 잡히는 목표를 세우는 게 좋습니다. '긍정적인 인생'이라는 목표는 백날 세워 봐야 실현 가능성 없습니다. 기준이 모호하니 평가도 불가능하지요. '긍정 메신저 100명 육성하기', '긍정 메시지를 담은 책 다섯 권 출간하기', '나의 이름으로 긍정 학교 세우기' 등 누가 봐도 명확하고 선명하게, 눈에 보이는 목표를 세워야 합니다. 이렇게 해야 목표를 세우는 시작 단계에서부터 마음가짐을 달리할 수 있습니다.

다섯째, 목표 설정에 관한 일반 이론을 모두 적용합니다. 달성 기한을 정하고, 수첩에 적고, 매일 목표를 읽고, 중간 점검을 하고, 셀프 피드백을 하고, 수시로 수정·보완을 하며, 달성 과정을 기록합니다.

당신 인생의 목적어는 무엇입니까? 당신은 무엇을 위해 그토록 열심히 살고 있습니까? 당신은 지금 어디로 가고 있습니까? 꿈과 목표를 가진 당신을 응원합니다.

쓸모없는 경험은 없다

보어는 주어와 서술어만으로는 뜻이 완전하지 않은 문장에서, 불완전한 곳을 보충하여 의미를 완성하는 말입니다.

'나는 학생이 아니다.'라는 문장에서 '~이 아니다'라는 서술어는 홀로 완전하지 못합니다. 무엇이 아닌지 보충하는 말이 존재해야 비로소 의미가 완전해집니다. '학생이'라는 단어가 그래서 필요합니다. '이은대는 작가가 되었다.'라는 문장에서, '~이 되다'라는 서술어도 마찬가지입니다. '되다'라는 말만으로는 불완전하지요. 무엇이 되었는지 표기해야 명확해집니다. '작가가'라는 보어가 '되다'라는 서술어를 보완해줍니다. 이처럼, 홀로 완전하지 못한 동사 또는 서술어를 보완해주는 문장성분을 보어라고 합니다.

주의할 점이 있습니다. '학생이'와 '작가가'를 보면 둘 다 보어 뒤에 조사가 붙어 있지요. 보어 뒤에 붙는 조사를 보격조사라 하는데, 조사는 쓰임새가 달라도 같은 모양을 취하기 때문에 조사 자체만을 갖고 보어인지 여부를 판단해서는 안 됩니다. '작가가 글을 쓴다.'라는 문장에서 '작가가'는 주어인데요. '이은대는 작가가 되었다.'에서 '작가가'는 보어입니다. 똑같이 '가'라는 조사가 붙었지만 하나는 주격보어이고 다른 하나는 보격주어입니다. 따라서, 문장성분을 구분할 때는 반드시 문맥과 의미를 파악해야 합니다.

보어는 문장의 필수 성분이지만, 주어나 서술어, 목적어 등에 비해 상대적으로 중요하게 여기지 않는 사람이 많습니다. 주어가 무엇이냐 물으면 대부분 정확하게 답하지만, 보어가 무엇이냐 질문하면 선뜻 답하기 어려워한다는 말이지요. 모든 문장성분은 각자의 역할이 있습니다. 어느 하나라도 빠지면 비문이 되거나 불완전한 문장이 됩니다. 문장을 공부할 때는 어떤 문장성분도 소홀히 해서는 안 된다는 뜻이기도 합니다.

인생은 성공과 실패의 연속입니다. 모두가 경험이지요. 성공하면 기분 좋고 행복합니다. 실수나 실패를 하면 좌절과 절망에 빠지기도 하고요. 이왕이면 성공만 하면 좋겠습니다. 실수와 실패를 바라는 사람 한 명도 없을 겁니다. 저도 한때 성공만 바라고 살았습니다. 성공해서 돈 많이 벌고 떵떵거리며 살면 그것으로 충분한 인생이라 믿었지요. 참 열심히 살았습니다. 꼭두새벽에 일어나 출근하고, 밤늦게까지 불평 없이 일했습니다. 미래 성공한 내 모습을 그리며 현재의 고통과 고독을 씹어 삼켰습니다. 그 길의 끝에 불행이 기다리고 있다는 사실을 실패한 후에야 알게 되었습니다.

성공과 실패는 지극히 자연스러운 경험이라서, 누가 언제 무슨 일을 하더라도 늘 일어날 수 있다는 사실을 기억해야 합니다. 과거 제 인생을 돌아보면, 실패할 수도 있다는 생각으로 만나게 되는 실패가 절대 실패하지 않을 거라는 믿음 후에 만나는 실패보다 훨씬 가벼웠다는 사실을 알 수 있습니다.

성공이냐 실패냐가 중요한 게 아니라 그것들을 어떤 태도로 마주하는가 하는 것이 훨씬 중요합니다. 어차피 둘 다 만나야 합니다. 그게 인생이니까요. 실패가 두려워 아무것도 하지 않겠다는 사람을 가끔 만나는데요. 그런 인생이야말로 최악의 실패입니다. 존재하지 않는 것이나 다름없기 때문이지요. 길가에 굴러다니는 돌도 비바람 맞고 발에 차이고 부서지고 밟히다가 결국은 건물도 되고 조각도 되고 때로 돌부처도 되는 것 아니겠습니까. 세상 모든 존재는 각자의 역할이라는 게 있습니다. 인간 본연의 존재 이유는 확장이지요. 더 나은 삶을 향해 나아가면서 온갖 경험을 하고, 그런 경험을 통해 배우고 성장하는 과정이 곧 인생입니다.

작가의 인생 공부

아무리 좋은 말로 표현해도 역시 실수나 실패는 피하고 싶지요. 그렇다면 한 말씀 더 드리겠습니다. 저는 지금 작가와 강연가로 새로운 삶을 누리고 있습니다. 흔히 말하는 인생역전을 이뤄낸 것이지요. 아직도 가끔 자다가 벌떡 일어나 이게 꿈은 아닌가 의심해 봅니다. 전과자 파산자 알코올중독자 막노동꾼이 작가라니! 강연가라니! 믿어지지 않습니다. 얼마나 행복하고 기쁜지 하루하루가 축복 같고 매 순간 설레고 흥분됩니다. 혹시 제가 출간한 책 읽어 보셨나요? 제 강의를 들어 본 적 있습니까? 저는 어떤 글을 쓰고 어떤 강의를 했을까요? 네, 맞습니다. 대부분 실패 이야기입니다. 저는 실패 경험담으로 타인을 격려합니다. 나 이렇게 무너지고 엉망인 채로 살았었다, 그러니 당신도 힘을 내라. 다양한 스토리와 사례로 글 쓰고 강의하지만, 큰 축은 변함없습니다.

'내'가 주어이고 '성공'이 목적어라면, '실수와 실패'는 보어입니다. 보어가 있어야 주어와 서술어와 목적어가 제대로 기능을 할 수 있지요. 실수와 실패는 피하거나 나쁘게 볼 경험이 아닙니다. 반드시 거쳐야 할 필수 코스지요. 남자들 군대 얘기 나오면 난리 나지 않습니까? 여자들 사랑 이야기 하면 다들 공감하지요. 힘들었던 이야기, 아팠던 경험, 실수와 실패, 이런 모든 경험이야말로 최고의 이야깃거리입니다. 자신의 마음을 들여다보면 더 잘 알 수 있습니다. 단 한 번의 막힘도 없이 성공했다는 이야기보다는 실수와 실패를 딛고 일어섰다는 이야기에 더 자극과 동기를 부여받지 않습니까? 어벤저스가 영웅이 될수 있었던 이유는 외계인의 침공 덕분입니다. 이순신 장군이성웅인 이유는 왜구의 침략을 물리쳤기 때문입니다. 우리나라국민이 대단한 이유는 전쟁과 IMF와 코로나를 극복했기 때문이지요. 인생에는 외계인도 침략하고 왜구도 쳐들어옵니다. 전쟁도 일어나고 IMF도 터지고 코로나도 생깁니다. 이 모든 것이 보어입니다. 피하고 망설이고 주춤할 게 아니라 정면으로맞서 이겨내야지요. 우리 모두는 자신의 인생에서 영웅입니다.위대한 존재이고요. 주어로 살아가는 인생만 소중한 게 아닙니다. 서술어만 중요한 게 아니지요. 보어가 없으면 인생 자체가성립이 되지 않습니다. 쓸모없는 경험은 없습니다. 아프고 힘든 순간 견디기 힘들지요. 하지만 극복해야 합니다. 좋은 순간만 있으면 배우고 깨달아 성장하고 발전할 기회를 아예 갖지못할 겁니다.

무슨 일이 일어나든 나의 확장에 도움이 되는 씨앗으로 받아들여야 합니다. 아무리 어렵고 힘든 상황이라도 그것이 내인생에 어떤 의미이며 어떤 역할을 하게 될지 누구도 장담할수 없습니다. 당신의 실패 이야기가 누군가를 다시 살게 만들 수도 있습니다. 세상을 위해서, 타인을 위해서, 고통과 시련을 기꺼이 마주하고 당당히 이겨낼 거라 다짐해 봅니다.

감동하는 습관이
감동적인 인생을 만든다

　감탄사란 말하는 이의 본능적인 놀람, 느낌, 부름, 응답 따위를 나타내는 품사입니다. 글 쓰는 사람이 자신의 느낌이나 의지를 특별한 단어에 의지함이 없이 직접적으로 표시하는 말이지요.(네이버 어학사전 참고)

　문장 안에서 독립 기능하며, 다른 문장 성분과 문법적으로 관련되지 않습니다. 크게 두 종류로 나눌 수 있습니다. '아, 우와, 오, 하, 허, 휴, 아뿔싸, 아차' 등과 같이 상대방을 의식하지 않고 자신의 감정을 표현하는 말을 '감정감탄사'라고 합니다. '오냐, 그래, 옳소, 천만에' 등과 같이 상대방을 의식하며 자신의 감정을 표현하는 말을 '의지감탄사'라고 하고요.

　감탄사는 가장 자유로운 품사라 할 수 있습니다. 이미 말한 바와 같이 독립적으로 사용할 수 있기 때문입니다. 아울러, 그 자리도 자유롭게 이동 가능합니다. "아! 날씨가 좋구나!"라고 써도 되고, "이토록 좋은 날씨라니, 아! 행복하구나!"라고 써도 무방합니다. 글을 쓸 때는 감정의 직접적 표현을 가급적 삼가고 '보여주는' 글을 쓰라고 강조합니다. 그러나 적절한 위치에 감탄사를 집어넣으면 어렵지 않게 감정을 표현하여 독자로 하여금 분위기를 파악하고 공감을 유도할 수 있습니다. 남발하면 감탄의 정도가 줄어들 우려가 있으니 주의해야 하겠지요.

"우와! 대박!"이라고 했더니 점잖지 못하게 촐싹거린다고 하더군요. "앗싸! 신난다!"라고 소리를 질렀더니 가볍게 보인다고 합니다. 강의 시간에 수강생들한테 두 손을 번쩍 높이 들고 소리 한 번 지르자고 하면 많은 이들이 어색해하거나 가만히 쳐다보기만 합니다. 인간이 동물과 다른 점은 생각하고 느낄 줄 안다는 것이죠. 스마트폰을 비롯한 문명의 발달로 인해 생각하는 법을 잃어가고, 사람들의 표정도 무뚝뚝해지고 있습니다.

아들이 어렸을 적, 제가 가장 듣기 좋아했던 말이 있습니다. "아빠!"라고 큰 소리로 부르는 말이었지요. 어린 아들이 온 힘을 다해 저를 부를 때, 심장이 쿵쾅거리고 제가 살아있음을 느낄 수 있었습니다. 비가 내리면, 아들은 우산이고 뭐고 모든 걸 뒤로하고 빗속으로 뛰어갔습니다. "와!" "우와!" 감탄사를 연발하며 뱅글뱅글 돌기도 하고, 하늘 향해 입을 쫘악 벌리기도 했지요. 고3이 된 제 아들, 지금은 비가 오면 짜증을 냅니다. "아! 귀찮아. 우산 챙겨야 하네."

학창시절의 저는 인사 잘하기로 유명했습니다. 선생님은 물론이고 정문을 지키는 경비 아저씨한테도 큰 소리로 인사하며 허리를 굽혔지요. 친구들 만나도 먼저 인사했습니다. "○○아! 어디 가? 우와! 좋겠다! 잘 다녀와!" 언제부터인가 인사를 하지 않게 되었습니다. 직장 생활을 할 때도 마지못해 고개만 까딱였지요. 아무런 감흥도 없이, 그저 입에 달린 형식적인 인사였습니다. 안녕하세요, 안녕하세요, 안녕하세요…… 듣는 사람이 안녕하지 않아도 아무 상관없다는 투로 말이죠.

제가 중학교에 다닐 때에는 '문화교실'이라는 프로그램이 있었습니다. 학교에서 영화를 지정해주면, 전교생이 극장에 가서 그 영화를 함께 보는 것이죠. 가끔 여학생들과 섞여 보기도 했었는데요. 친하게 지내던 여학생이 이런 말을 하더군요. "남학생들과 영화 못 보겠어. 웃겨도 웃지도 않고, 놀라도 소리 지르지 않고, 감동적인 장면에서도 아무 반응이 없어." 마치 '시체들과' 영화를 보는 것 같다며 투덜거렸지요.

지금은 감성 시대입니다. 정보와 지식이 승부를 결정짓는 시대는 갔습니다. 마음이 움직여야 지갑을 열고, 마음이 움직여야 결정을 하고, 마음이 움직여야 점수를 줍니다. 상대방의

작가의 인생 공부

마음을 움직이기 위해서는 어떻게 해야 할까요? 내 마음이 먼저 뜨거워져야 하겠지요. 감동과 감탄에도 연습이 필요합니다. 큰 소리로 웃고, 마음껏 눈물 흘리고, 박수도 치고, 고함도 지르고, 노래도 흥얼거리고…… 사람이 사람답게 사는 것에 별다른 방법이 있을까요? 자신이 어떤 감정을 느끼는지, 어떤 순간에 기쁨과 슬픔을 느끼는지, 어떤 상황에 가슴 뭉클한지 관심 가지고 살피는 습관이야말로 가장 사람다운 모습 아닐까 생각해 봅니다.

물론, 분노와 짜증 따위 부정적 감정을 있는 ㄱ대로 쏟아내는 것은 문제가 있습니다. 하지만, 무조건 참고 묵혀두는 것만이 정답은 아닐 테지요. 부정적 감정은 절제한다 치더라도, 기쁘고 행복한 감정은 되도록 많이 발산하는 것이 정신 건강에도 좋습니다. 책쓰기 수업에 참여하는 수강생들한테 제목과 목차를 기획해 제공합니다. 어떤 사람은 "네, 감사합니다!"라고 한 줄 답신을 보냅니다. 또 어떤 사람은 이렇게 보냅니다. "우와! 대표님! 너무 감사합니다! 부족한 제 글을 보고 이렇게 멋진 목차를 짜주시다니요! 벌써 책이 나온 것 같습니다. 눈물이 나려고 해요. 대표님 정성을 생각해서라도 꼭 끝까지 완성해서 제 이름으로 된 책 출간하겠습니다. 다시 한 번 감사드립니다, 대표님!" 별것 아닌 것 같지만, 문자나 카톡 몇 줄에도 감사와 감동과 감탄을 표현할 줄 아는 사람이 결국 결실을 만난다는 사실을 부인할 수 없습니다.

사람을 만날 때도 마찬가지입니다. "어, 왔어?"라고 무표정하게 인사를 건네는 사람이 있는가하면, "와! 오랜만이다! 잘 지냈어? 얼굴 좋다 야! 앞으로 자주 좀 보자. 그동안 어떻게 지냈어?"라며 환하게 웃으며 인사하는 사람도 있습니다. 에너지는 서로 주고받는 것이지요. 감동과 감탄을 습관적으로 하는 사람은 활력이 넘칩니다. 그런 사람과 함께 있으면 저도 힘이 나는 것 같고요. 주변 사람들 기 빨고 다니며 어두운 세상 만들지 말고, 한 마디를 하더라도 열정 넘치게 진심을 담아 표현하면 좋겠습니다.

힘이 좀 없다 싶을 때는 소리를 지릅니다. 지치고 힘든 순간에 누군가 연락 오면 일부러 더 크고 환하게 인사를 건넵니다. 축하할 일 있으면 마치 내 일이다 싶은 마음으로 마구 좋아해주고, 우울한 일 겪는 사람 만나면 함께 힘들어합니다. 작은 일에도 감동하고 감탄하는 습관이 인생을 더 좋게 만들어줍니다. 지독한 경험을 했던 제가 지금처럼 최고의 삶을 만난 것은 더 크게 놀라고 박수치고 웃고 울고 소리 지른 덕분입니다. 인생이라는 책에 감탄사를 마구 쓰십시오. 감탄할 일이 점점 더 많이 생길 겁니다.

작가의 인생 공부

부사

함께 하는 사람들

부사는 용언 또는 다른 말 앞에 놓여 그 뜻을 분명하게 하는 품사입니다. 흔히 형용사와 함께 '꾸미는 말'이라고 일컬어집니다. 부사는 무엇을 꾸미는 말일까요? 동사, 형용사, 부사, 또는 문장 전체를 수식합니다. 명사를 제외한 거의 모든 품사나 구절을 수식할 수 있지요. '밥을 천천히 먹었다.'라는 문장에서, '천천히'라는 부사는 '먹었다'라는 서술어를 풀어 설명합니다. 어떻게 먹었는가 하면 천천히 먹었다는 말입니다. '나는 조용히 문을 닫았다.'라는 문장에서, '조용히'라는 부사는 '문을 닫았다'라는 구절을 전체 수식합니다. 마찬가지로 '어떻게'를 설명하고 있습니다.

'매우 아름다운 꽃을 보았다.'라는 문장에서, '매우'라는 부사는 '아름다운'이라는 형용사를 강조하고 있습니다. '솔직히 나는 그녀의 말에 충격을 받았다.'라는 문장에서, '솔직히'라는 부사는 뒤에 이어지는 문장 전체를 수식합니다.

이와 같이, 부사는 독립적으로 존재할 수 없으나 다른 품사를 설명하거나 강조함으로써 뜻을 명확하게 합니다. 하나의 단어가 아닌 부사절로 활용할 수도 있습니다. 우리나라에서는 접속사도 접속 부사 개념으로 사용합니다.

큰 실패를 겪은 후 세상 속으로 다시 돌아왔을 때, 먹고 살길이 막막했습니다. 이런저런 일을 하려고 시도해 보았지만, 전과자 파산자를 바라보는 시선이 따뜻할 리 없었겠지요. 결국 저는 인력시장을 찾았고, 약 3년간 막노동을 하며 다섯 식구 생계를 유지했습니다. 곱게 자라 온실 속 화초처럼 살았습니다. 망치질 한 번 제대로 해 본 적 없었지요. 그런 제가 막노동 현장에서 온갖 거친 일을 해야 했으니 힘든 것은 당연한 일이었습니다. 문제는, 일을 할 줄 모르니까 아무도 저한테 일을 시켜주지 않으려 했다는 겁니다. 똑같은 일당을 줄 거라면, 이왕이면 일 잘하는 사람에게 맡기고 싶을 테니까요. 입장을 바꿔 생각해 보면 충분히 이해할 수 있는 일이었지만, 그래도 당장 먹고 살 일이 걱정이었던 저는 발을 동동 구를 수밖에 없었습니다.

송씨를 만난 것은 인력 시장에 나간 지 한 달쯤 지났을 때였습니다. 그 날도 아침 7시가 다 되도록 일을 잡지 못하고 있었는데요. 답답한 마음에 인력사무실 앞에 쪼그리고 앉아 담배를 피우고 있는데, 송씨가 곁에 와서 말을 걸었습니다.

"같이 일 한 번 해 보지 않을래요?"

저보다 한 살 많은 송씨는 과거 직장 생활을 하다가 도박에 빠져 전 재산을 날리고 3년 만에 중독에서 벗어나 막노동을 시작했다고 합니다. 6년째 막노동을 하고 있다는 말도 빠트리지 않았습니다. 성격도 털털하고 몸도 건장했으며, 저에 비하면 일도 능숙하게 잘했습니다. 인력사무실 사람들한테 인기(?)도 많았습니다. 여기저기서 서로 데려다 쓰기 위해 눈치를 볼 정도였지요. 그런 사람이 먼저 저한테 다가와 함께 일을 하자고 하니 천군만마를 얻은 듯했습니다.

다음 날부터 송씨를 따라다녔습니다. 성질 고약한 업체 사장을 만날 때면 송씨가 앞장서서 막아주었고, 고된 일을 하게 되면 곁에서 많은 격려도 해주었습니다. 한여름이나 한겨울, 비나 눈이 내릴 때, 다른 사람들은 일거리가 없어 한숨을 짓고 있어도 저는 송씨 덕분에 거의 매일 일을 할 수 있었습니다.

언젠가 소주 한 잔 마시며 물어 봤습니다. 나한테 왜 잘해주느냐고 말이죠.

"노가다판에서 몇 년 구르다 보면 사람 보는 눈이 생기거든. 은대씨 보면 얼굴도 뺀질한 게 볕에 그을린 흔적도 하나 없어. 누가 봐도 이 바닥에 발 들일 사람이 아니란 걸 알 수 있지.

내가 처음 여기 왔을 때, 정말 힘들었거든. 누구 하나 말 걸어주는 사람도 없고, 일주일에 이틀도 일거리를 잡을 수가 없었어. 과거의 날 보는 것 같았어. 그래서……"

오래 전, 직장 생활을 할 때도 다양한 사람을 만났습니다. 맨 처음 발령받은 곳에서는 다행히 좋은 지점장을 만나 신입 사원임에도 불구하고 능력을 인정받았습니다. 일 년 만에 서울 본사로 갈 수 있었던 것도, 지점장이 저에 대한 평판을 좋게 전해준 덕분이었지요. 본사에 가서도 마찬가지였습니다. 꼴 보기 싫은 인간도 많았지만, 그러던 중에도 통하는 선후배가 있어서 낯선 서울 생활을 무리 없이 잘할 수 있었습니다.

돌아보면, 매 순간 제 주변에는 사람이 있었습니다. 힘들 때 기댈 수 있는 사람, 아플 때 위로해주는 친구, 도움이 필요할 때 손을 내밀어준 동료, 기쁨과 행복을 두 배로 만들어준 사람들. 덕분에 저는 위기가 닥칠 때마다 견디고 이겨낼 수 있었던 것이지요.

저뿐만 아니라, 누구나 마찬가지라고 생각합니다. 태어나서 지금까지 혼자 살아온 사람은 없을 테지요. 어떤 식으로든 도움을 주고받으며 배우고 성장했을 겁니다. 문제는, 수없이 많은 사람과 인연을 맺고 살아왔으면서도 대부분 고마움과 기억을 잊고 살아간다는 사실입니다. 스마트폰에는 유례없이 많은 수의 전화번호가 저장되어 있지만, 마음을 나누고 싶을 때

작가의 인생 공부

전화를 걸 만한 친구는 점점 줄어들고 있다는 사실이 안타까울 따름입니다.

　사람은 부사와도 닮았습니다. 나름 잘난 것 같지만, 혼자서는 아무것도 할 수 없지요. 함께 살아가는 세상입니다. 마음을 나눌 수 있다는 사실이 동물과 다른 점이기도 하고요. 하는 일이 잘 풀려 승승장구할 때도 자꾸만 주변 사람들을 잊게 됩니다. 힘들고 어려운 일이 생길 때에도 마치 나 혼자만 세상 밖으로 퉁겨져 나온 것 같은 생각이 듭니다. 우리는 늘 함께임에도, 늘 혼자라는 생각 때문에 힘든 것은 아닌 지 생각해 봅니다.

　힘든 일을 겪은 탓인지, 저는 유난히 다른 사람을 잘 믿지 못합니다. 그래서 더 외롭고 쓸쓸할 때가 많았습니다. 〈자이언트 북 컨설팅〉을 운영하면서 다시 사람을 만나기 시작했습니다. 그들은 저를 믿고 따라주었고, 덕분에 제 마음도 서서히 열리기 시작했지요. 이 글을 쓰는 2022년 9월 현재 512호 작가를 배출했습니다. 글쓰기·책쓰기 분야에서 입지를 굳혔습니다. 혼자라면 결코 이룰 수 없었던 성과입니다. 우리 작가님들한테 고마운 마음을 전하고 싶습니다. 감사합니다!

　사람이 곁에 있다는 사실만큼 든든하고 힘이 되는 생각은 없습니다. 우리는 모두 누군가를 강조하거나 수식합니다. 또

한, 우리 모두는 누군가의 강조나 수식을 받으며 살아갑니다. 자신과 타인을 끈끈하게 연결된 하나로 인정하고 받아들일 때, 적어도 지금보다는 훨씬 행복한 인생을 살아갈 수 있지 않을까 생각합니다.

있는 그대로의 모습이 아름답다

형용사는 사물의 성질이나 상태를 나타내는 품사입니다. 동사와 달리, 명사를 수식하거나 명사의 구체적 내용을 설명합니다. 형용사의 기본형은 동사와 같습니다. '꽃은 아름답다.'라는 문장에서 '아름답다'는 형용사가 '꽃'이라는 명사의 성질을 설명합니다. '밤이 환하다.'라는 문장에서 '환하다'라는 형용사는 '밤'이라는 명사의 상태를 설명하지요. 이러한 형용사는 활용하여 명사를 꾸밀 수도 있습니다. '아름다운 꽃이 피었다.'라는 문장에서, '아름다운'이라는 형용사는 '꽃'이라는 명사를 수식합니다. '환한 밤이다.'라는 문장에서, '환한'이라는 형용사는 '밤'이라는 문장을 수식합니다.

기본형이 동사와 같기 때문에 구분하기 힘들다는 사람이 있는데요. 늙다, 되다, 크다 등과 같이 상태의 변화가 가능한 말은 동사입니다. 반면, 아름답다, 예쁘다, 있다, 없다 등과 같이 고정된 상태를 나타내는 말은 형용사입니다. 이렇게 이해하는 것이 가장 쉽고 빠른 방법입니다.

코로나 사태 이전, 대면 수업을 할 때는 편안한 차림으로 전국을 다녔습니다. 청바지에 티셔츠 한 장이 기본이었지요. 글 쓰는 작가가 굳이 양복에 넥타이까지 매야 하는가 싶기도 했고, 무대에서 강의를 하기에는 양복보다 평상복이 편하기 때문이기도 했습니다. 최근 2년 동안 온라인으로 강의하고 있습니다. 화면에 비치는 제 모습이 어색했습니다. 왠지 모르게 격식을 갖추어야겠다는 생각도 들었습니다. 그래서 와이셔츠에 넥타이를 착용하기 시작했습니다. 수강생들도 전문가 이미지를 선호하는 듯했습니다. 결론부터 말하자면, 대면 수업을 할 때보다 온라인 수업을 진행한 이후 제 강의는 더욱 전문화되었고 내용도 깊어졌습니다.

지금까지 똑같은 강의를 한 적이 한 번도 없습니다. 평생 무료 재수강 제도를 운영하고 있지만, 매달 4주차 기본 커리큘럼 내용을 싹 다 업그레이드합니다. 두 시간 기본 강의에 파워포인트 약 100매를 제작합니다. 4주 기본 분량만 400매에 육박하지요. 이 작업을 매달 새로 합니다. 첫 장부터 마지막 장까지 모두 새롭게 만듭니다. 재수강하는 사람들을 지루하지 않게 하고, 다양한 기법을 연구하여 글을 잘 쓸 수 있도록 돕고, 세계적인 거장들의 멘탈 유지 비법을 전함으로써 초보 작가들의 인내와 끈기를 유도하기 위함입니다. 저의 이런 노력이 와이셔츠에 넥타이를 맨 전문가 이미지 덕분으로 시작된 거라면, 다소 과장된 표현일까요?

한때는 그런 생각도 했습니다. 남자가 겉모습이 뭐가 그리 중요해? 내실 있고 실력 갖추는 게 훨씬 중요하지! 내면이 중요하다는 생각은 지금도 변함없지만, 사람을 상대하는 직업에 종사하면서 나름의 이미지를 갖추는 것도 소홀히 해서는 안 된다는 생각을 하게 되었습니다 지금 시대는 적절한 형용사를 활용해야만 기본 예의와 품격을 지킬 수 있는 세상입니다.

글을 쓸 때는 어떻게 해야 할까요? 사람은 겉모습과 내실 모두 갖추어야 한다고 말했지만, 글을 쓸 때는 전혀 달라야 합니다. 굳이 말하자면, 형용사를 아예 쓰지 말았으면 좋겠다는 것이 개인적인 생각입니다. '꽃이 아름답다.'라는 문장에서 형용사를 빼버리면 어떻게 될까요? 문장 자체가 성립되지 않습니다. 그런데도 형용사를 쓰지 마라니, 대체 무슨 말일까요?

'꽃잎은 분홍이고, 다섯 장이 사방으로 펼쳐져 있다. 가운데 수술은 노란색이며 마치 작은 가시가 돋아난 듯 보인다. 수술 쪽에 가까울수록 잎은 흰색을 띄고, 가장자리로 뻗어 나오면서

짙은 분홍이 물들어 있다. 바람이 불 때마다 다섯 장의 이파리가 가운데 수술을 감싸 안는 듯 포개어진다. 잎과 수술이 겹칠 때, 수술은 더욱 노랗게 보여 황금빛으로 바뀌는 마법을 볼 수 있다. 작은 수선화 앞에서, 20분이나 꼼짝을 하지 못하였다.'

'아름답다'는 말을 한 번도 쓰지 않고 꽃을 표현해 보았습니다. 사람마다 생각이 다르겠지만, 읽을 때도 쓸 때도 저는 이런 글을 좋아합니다. 형용사는 성질이나 상태를 설명하는 품사입니다. 작가가 설명하면 독자는 알아들어야 하지요. 독자 입장에서 생각이 더 뻗어나갈 가능성이 없습니다. 꽃이 아름답다고 하면 그냥 아름다운 줄 알아야 한다는 뜻입니다. 책을 읽는 이유 중 하나는 생각의 확장입니다. 작가의 생각을 읽고 독자의 생각을 더해 새로운 생각을 만들어내는 것이죠. 제대로 된 읽기와 쓰기가 이루어지려면, 작가가 보는 것을 독자도 그대로 볼 수 있어야 합니다. 작가가 듣는 소리를 독자도 들을 수 있어야 하고요. 놀이공원에 다녀온 이야기를 쓴다면, 독자 손을 붙잡고 놀이공원에서 함께 바이킹을 타야 합니다.

이러한 측면에서 볼 때, 글을 쓸 때는 형용사를 통해 직접적인 설명을 하기보다는 하나하나 구체적인 장면과 소리와 경험을 그대로 보여주는 편이 훨씬 낫다고 생각합니다. 살아있는 글이란 무엇일까요? 책을 읽으면서 독자 머릿속에 장면이 선명하게 그려지고 소리가 선명하게 들리고 온몸이 부들부들 떨리는, 3D 영화 같은 글이야말로 생생한 글이 아니겠습니까.

　꾸미고 설명하는 품사도 필요합니다. 인생이나 글쓰기 모두 마찬가지입니다. 중요한 것은, 어떤 일이든 지나치면 문제가 된다는 사실입니다. 글쓰기 경험이 부족한 사람일수록 화려한 미사여구나 감정의 직접적 설명이 잦습니다. 여러 가지 이유가 있겠지만, 민낯을 보이기 꺼려하는 것이 첫 번째 이유가 아닐까 생각합니다. 부족하고 모자란 자신, 대수롭지 않은 인생, 별것 없는 일상, 실패와 실수들…… 이런 이야기를 생면부지 세상 사람들한테 있는 그대로 드러낸다는 것이 마땅치 않은 것이죠. 당연한 심정입니다. 충분히 이해합니다. 그러나 잊지 말아야 할 사실이 한 가지 있습니다. 작가가 글을 쓰는 이유는, 팍팍한 인생을 살아가는 독자에게 힘과 용기와 위로와 격려를 주기 위함이란 사실입니다. 글을 쓴다는 것은, 작가 자신의 민낯을 까발리는 게 아니라, 있는 그대로의 모습을 보여줌으로써 독자로 하여금 마음을 열고 작가의 어깨에 기댈 수 있도록 품을 내어주는 일입니다.

　형용사를 쓰는 게 나쁘다는 말을 하려는 게 아닙니다. 형용사를 남발하는 탓에, 그 뒤에 감춰진 진짜 모습을 드러내지 못하는 것이 아쉽고 안타깝다는 뜻이지요. 다섯 장의 분홍 잎과 황금빛 수술을 아름답다는 한 마디로 일축하기에는 너무나 부족합니다. 우리의 삶에도, 우리의 일상에도, 잎과 수술과 빛이 넘쳐나고 있습니다. 감춰진 진정한 모습을 가리지 말았으면 좋겠습니다.

작가의 인생 공부

chapter 02

세상과
타인을 위한
글쓰기

잘 쓰기 위해서는 잘 살아야 한다

주제는 작가가 전하고자 하는 핵심 메시지를 말합니다.

네이버 어학사전에는 '지은이가 나타내고자 하는 중심 사상'이라고 정의되어 있고, 위키백과사전에서는 '작가가 표현하려고 하는 매우 중요하고 기본이 되는 사상이나 관념'이라고 정리되어 있습니다. 글을 쓰는 목적은 바로 이 주제를 전달하기 위함이지요. 당연히 '잘 전달해야' 합니다.

어떻게 하면 주제를 잘 전달할 수 있을까요?

첫째, 주제를 선명하게 정해야 합니다. 글 쓰는 작가조차 자신이 하려는 말이 무엇인지 알지 못한다면 제대로 전달하기란 불가능할 수밖에 없겠지요. 어느 정도로 선명해야 할까요? 초등학교 3학년이 읽어도 즉시 고개를 끄덕일 수 있는 정도여야 합니다. 즉, 쉽고 간결하고 명확해야 한다는 뜻입니다. 깊이 있고 복잡한 주제를 다룰 수도 있지 않느냐 반문할 테지요. 지금이라는 시대 분위기를 읽어야 합니다. SNS 시대입니다. 쉽고 간결하고 명확하지 않으면 독자는 책을 덮을 겁니다. 독자의 외면을 받는 작가가 되고 싶은 사람은 없겠지요. 할 엘로드가 쓴 《미라클 모닝》을 떠올리면 이해가 쉬울 겁니다. 그 책에 담긴 메시지 즉, 주제는 무엇인가요? 아침에 일찍 일어나 생산적인 활동으로 하루를 시작하면 성공할 수 있다! 쉽고 간결하고 명확합니다. 세계적인 베스트셀러가 되었습니다.

두 번째 방법은, 경험으로 주제를 뒷받침하는 것입니다. 여기서 말하는 경험은 직접 경험과 간접 경험을 모두 포함합니다. 예를 들어, '불조심하라'는 주제로 글을 쓴다고 칩시다. 작가 본인이 화재로 인해 피해를 입은 경험이 있을 수도 있고요. 주변 사람의 사례 또는 뉴스를 가져올 수도 있습니다. 불조심하라! 불조심하라! 무조건 외칠 게 아니라, 불을 조심하지 않으면 이런 피해를 입을 수 있다는 사실을 증명하는 것이 훨씬 효과적입니다.

셋째, 효과적인 주제 전달을 위해서는 독자의 공감을 얻을 수 있어야 합니다. 초보 작가 중에는 자신의 주장과 의견이 무조건 옳다는 식으로 글을 쓰는 사람이 종종 있습니다. 물론,

자신의 경험이 뒷받침되어 있기 때문에 자신만만하게 주장과 의견을 내세울 수는 있겠지요. 하지만, 아무리 자신의 경험이라 하더라도 독자들이 공감하기 힘든 내용이라면 주제가 제대로 전달되기 어렵습니다. 무조건 오냐오냐해서 자식을 잘 키운 부모가 있다고 가정해 봅시다. 자신의 경험만을 내세워 '아이는 오냐오냐 키워야 한다!'라고 주장하면 여기에 공감할 독자는 극히 일부에 불과할 겁니다. 특히 아이들 교육에 있어서는 부모의 가치관이나 아이의 성향에 따라 다양한 방식이 존재하게 마련이지요. 따라서, 여러 사례를 공부하고 연구하여 마땅한 가설과 논리를 펼쳐야만 독자의 공감을 얻을 수 있을 겁니다.

주제는 선명하고 간결하고 명확해야 한다고 했습니다. 그렇다면 어떤 주제를 정해야 할까요? 강의 시간에 저는, 인생 모든 이야기가 주제가 될 수 있다고 강조합니다. 이런 건 주제가 될 수 있고 저런 건 주제가 될 수 없다는 기준 따위 없습니다. 중요한 것은, 자신이 정하는 주제가 독자에게 도움이 될 것인가 하는 문제입니다. 주목해야 할 단어가 나왔네요. 그렇습니다. '도움'입니다. 작가는 독자에게 도움을 주는 존재입니다. 독자가 책을 읽는 이유는 재미, 감동, 교훈, 깨달음, 배움 등 여러 가지가 있을 수 있겠지만, 어쨌든 이 모든 이유가 결국은

'도움을 받는 것'이라 할 수 있겠지요. 여기에서 어떤 주제를 정할 것인가에 대한 답을 찾을 수 있습니다.

사람은 누구나 '경험'이란 것을 합니다. 과거를 돌이켜보면, 즐겁고 행복했던 경험도 있고 아프고 괴로웠던 경험도 있을 테지요. 한 번 생각해 봅시다. 지금 내 머리와 가슴 속에 누적된 삶의 지혜와 살아가는 태도는 어디에서 비롯된 것일까요? 일일 술술 잘 풀렸던 경험에서 배운 게 많을까요? 아니면, 실수하고 실패하고 넘어지고 무너졌을 때 깨달은 점이 더 많을까요? 맞습니다. 성공보다는 실패에서 배운 게 많습니다, 사람도 마냥 좋을 땐 인간관계를 고민하지 않습니다. 어떻게 해야 상처받지 않을 수 있을까? 어떻게 해야 저 사람과 잘 지낼 수 있을까? 이런 고민과 생각은 뭔가 문제가 있을 때 하게 됩니다. 마땅한 주제를 찾기 어렵다면, 과거 실수와 실패 경험을 떠올려 보세요. 아프고 괴로웠던 경험, 슬프고 힘들었던 시간들, 좌절하고 절망했던 순간들에서 무엇을 배웠고 어떤 점을 깨닫게 되었는가. '경험+교훈'으로 접근하면 주제를 정하는 데 도움이 될 겁니다.

시련은 누구에게나 옵니다. 고통을 피할 수 있는 사람은 없습니다. 잊지 말아야 할 것은, 시련과 고통은 반드시 두 가지를 함께 가지고 온다는 사실입니다. 그것을 이겨낼 힘과 교훈이지요. 어려움에 처했을 때, 그 상황으로부터 무엇을 배울 것인가 고민하고 이를 바탕으로 다시 도전한다면 누구도 이것을 실패라고 부를 수 없습니다. 눈앞에 커다란 돌이 놓여 있습니다. 나아가야 할 길을 떡하니 막고 있습니다. 그 앞에 주저앉아 한숨을 쉬고 눈물을 흘리는 사람이 있는가 하면, 눈앞의 돌을 밟고 뛰어 점프를 하는 사람도 있습니다. 진짜 실패자는, 눈앞의 돌을 '이용할 줄 모르는' 사람입니다.

이런 점에서 볼 때, 작가는 더없이 훌륭한 직업이지요. 어떤 고난과 역경이 닥쳐도 배울 점을 찾아 메시지를 만들어 주제로 삼고 글을 쓰면 됩니다. 그러니까 작가한테는 시련과 고통이 없습니다. 주제를 도출할 만한 스토리만 있을 뿐입니다.

힘든 시간을 겪었습니다. 그 시절만 생각하면 아직도 가슴이 저립니다. 하지만 문제될 것이 전혀 없습니다. 제가 겪었던 참혹했던 시간 덕분에 저는 지금까지 일곱 권의 책을 썼고, 500호가 넘는 작가를 배출할 수 있었습니다. 글쓰기와 강연 주제가 끝도 없이 샘솟습니다. 더 바랄 것이 없는 인생을 만났으니, 제 과거를 어찌 실패라고 부를 수 있겠습니까.

꽃길만 걷기를 바란다는 말, 함부로 하면 안 됩니다. 그보다 더 최악의 삶은 없기 때문입니다. 아무것도 배우지 못할 겁니다. 아무것도 깨닫지 못할 겁니다. 이겨낼 힘도 갖지 못할 것이고, 타인의 고통을 공감하고 이해하는 마음도 품지 못할 겁니다. 진정 사랑하는 사람이 있다면, 부딪치고 넘어지길 기도 하세요. 그런 다음 반드시 다시 일어서기를 응원하십시오. 선명한 주제를 정하고 그 주제를 잘 전달하는 것이 글쓰기라면, 인생이야말로 글쓰기 최대의 동력이자 원천이라 할 수 있겠습니다. 잘 쓰기 위해서는, 잘 살아야 합니다.

소재는 어떤 것을 만드는 데 바탕이 되는 재료입니다. 글 쓰는 과정에서 소재라 함은 당연히 글을 쓰는 데 바탕이 되는 재료가 되겠지요. 흔히 글감이라고도 합니다. 예를 들어, 눈앞에 사과가 있다고 가정해 봅시다. 사과를 보는 순간 어렸을 적 할머니가 껍질을 깎아주시던 모습이 떠올랐습니다. 이런 경우에, 할머니가 보고 싶다는 내용으로 글을 쓸 수 있습니다. 주제는 '할머니에 대한 그리움'이 되고, 소재는 '사과'가 됩니다.

소재는 글쓰기 발화 지점이라고도 말할 수 있습니다. 위 예시에서, 사과를 보는 순간 할머니가 그리워졌고 주제에까지 연결되었습니다. 따라서, 사과가 글쓰기의 시작이라고 볼 수 있는 것이죠.

하나의 소재에 하나의 주제만 연결될 필요는 없습니다. 사과를 소재로 다양한 주제의 글을 쓸 수 있다는 뜻입니다. 할머니에 대한 그리움, 어릴 적 친구들과 사과나무에 올라가서 놀았던 추억, 사과를 반으로 쪼개는 힘자랑했던 이야기, 사과 종류에 관한 글, 과수원 아저씨의 땀방울과 감사, 사과에 빗댄 잘생긴 남편 얼굴 에피소드, 사과의 효능과 건강에 관한 내용, 사과 주스와 다이어트, 만유인력의 법칙, 백설 공주 이야기, 윌리엄 텔의 화살 등 사과로 쓸 수 있는 글은 셀 수 없이 많습니다. 사과에 얽힌 작가 자신만의 경험담을 풀어놓자면 아마 주제는 더 많아질 겁니다.

매일 꾸준히 글을 쓰라고 하면 대부분 사람이 힘들어합니다. 그 이유 중 대표적인 것이 '도대체 뭘 써야 하는 거야?'라는 고민입니다. 글감과 주제만 주어지면 어떻게든 쓸 수 있을 것 같다고 말하는 사람도 많은데요. 잊지 말아야 할 점은, 글감과 주제를 찾는 것부터가 글쓰기의 시작이라는 사실입니다. 남의 글을 쓰는 게 아니라 자신의 글을 써야 합니다. 소재에 얽힌 이야기도 오직 자신만이 알고 있을 테니까요. 그렇다면 어떻게 해야 글감을 찾고 글을 쓸 수 있을까요?

첫째, 촉을 세워야 합니다. 글을 쓰고 작가가 되겠다는 결심을 했다면, 어제까지의 자신과는 달라야 합니다. 일상 모든 순간에 관심을 가져야 한다는 말입니다. 똑같은 아침밥을 먹더라도, 어제까지는 밥을 먹는 데에만 급급했다면 이제부터는 반찬을 노려보아야 합니다. '음, 저건 멸치볶음이군. 저 멸치는 어디에서 왔을까? 먼 바다에서 왔을 테지. 어부들은 무슨 생각을 하면서 저 멸치를 잡았을까? 상어도 아니고 고래도 아니고, 코딱지만한 멸치를 잡다니. 자존심 상하지는 않을까? 그럼에도 이렇게 식탁에 올라 소비자의 뼈를 건강하게 만들어주니 나름 보람도 있겠군. 좋았어! 오늘은 멸치를 소재로 글을 한 편 써 보자. 주제는 이렇게 정하면 좋겠어. 크기는 상관없다. 가치가 중요할 뿐!'

둘째, 어린아이와 금붕어를 닮아야 합니다. 아이들의 눈을 한 번 보세요. 모든 게 신기하다는 표정입니다. 한참을 주시합니다. 눈을 크게 뜹니다. 손은 잠시도 쉴 틈 없습니다. 무엇이든 만져 봅니다. 냄새도 맡고, 맛도 봅니다. 이것저것 닥치는 대로 보고 만집니다. 어린아이들의 호기심을 절반만 흉내 내어도, 아마 세상은 글감으로 넘쳐날 겁니다. 금붕어는 어떤가요? 좁은 어항에서도 평생 잘 살아갑니다. 어항의 오른쪽 끝으로 갔다가 왼쪽으로 몸을 돌리면, 오른쪽에서 봤던 풍경을 금방 잊어버립니다. 머리가 나쁘다는 말이지요. 하지만 작가에게는 금붕어의 본성이 필요합니다. 어제 본 것도 새롭게 보고, 방금 본 것도 다시 보고, 어제와는 다르게 보고, 반대쪽에서도 보고, 위에서도 보고, 아래에서도 보고, 다 잊어버리고 처음부터 다시 보고…… 고정관념이야말로 글쓰기 최대의 적입니다. 어린아이와 금붕어처럼, 매 순간 세상을 새롭고 신기하게 바라보는 연습을 해야 합니다.

셋째, 연결할 줄 알아야 합니다. 어떤 연결인가 하면요. 사물과 사람, 풍경과 인생, 사물과 관계, 음식과 철학, 노래와 처세 등 모든 것을 연결한다는 뜻입니다. 사과라는 소재를 할머니에 대한 그리움과 연결시켰지요. 몇 가지 예를 더 들어 보겠습니다. 길을 가다가 나무를 만났습니다. 겉에는 아무런 변화가 보이지 않지만, 나무 속에서는 1초도 멈추지 않고 생명 유지 작업을 합니다. 나무를 노력하는 인생과 연결하면 좋겠네요. 또 있습니다. 나무는 우리에게 바람과 그늘을 주면서도 돌려달라는 말 한 번 하지 않습니다. 나무와 베푸는 인생을 연결해도 좋은 글이 될 것 같습니다. 나무는 가을이 되면 잎을 모두 떨굽니다. 잎을 떨구지 않기 위해 안간힘을 쓰지 않습니다. 나무와 미련과 집착을 연결할 수도 있습니다. 글감을 찾아 주제와 연결하는 것은 실력이나 재능 문제가 아닙니다. 오직 노력과 연습입니다. 처음에는 어색하고 힘들고 억지스럽게 느껴질 수도 있지만, 조금만 연습하면 한글을 막 배운 아이들이 길에서 간판을 읽는 것처럼 자연스러워집니다.

일상 모든 순간에 관심을 가졌습니다. 어린아이와 금붕어처럼 새롭고 신기하게 바라보는 연습을 했습니다. 그리고, 무엇이든 주제와 연결 짓는 노력도 했습니다. 글을 잘 쓰고 싶어서 시작한 연습이고 노력인데요. 결과는 어떨까요? 삶이 풍성해졌습니다. 하루의 밀도가 높아졌습니다. 별것도 없는 대수롭지 않은 하루가 사라지고, 의미와 가치가 가득한 하루가 매일 생겨났습니다. 똑같은 하루는 없습니다. 똑같은 사람도, 똑같은 사물도 없습니다. 같은 연필이라도 매일 변화합니다. 연필은 그대로라 할지라도, 그것을 바라보는 제 눈이 달라지고 마음이 변하고 연결하는 주제가 바뀝니다. 덕분에 저는 매일 새로운 하루를 맞이하며, 그래서 글감이 고갈될지도 모른다는 걱정을 전혀 하지 않게 되었습니다. 블로그에 5천 건이 넘는 포스팅을 발행하고, 2년째 매일 '한 페이지 일기'를 쓰고 있습니다. 어떤 책이든 한 페이지만 읽어도 한 편의 글을 쓸 수 있습니다. 오늘도 촉을 세웁니다. 어린아이와 금붕어처럼 세상을 봅니다. 전혀 어울릴 것 같지 않은 두 가지를 어떤 식으로든 연결하는 재미를 톡톡히 보고 있습니다. 하루라는 소재를 인생이라는 주제와 연결하여 매일 쓰는 삶을 만드는 것이지요.

탄탄한 인생을 위하여

집을 지을 때는 설계도가 필요합니다. 먼저 기초를 다지고, 건물 뼈대를 세우고, 1층부터 차례로 공사를 시작합니다. 뼈대, 순서, 설계도 등을 통칭해서 구성이라고 이해하면 쉬울 것 같습니다. 글을 쓰는 데 있어 구성은 다음 세 가지 이유로 중요합니다.

첫째, 글의 전체적인 틀을 마련할 수 있습니다. 횡설수설을 막아줍니다. 글이 산으로 가는 현상을 방지할 수 있습니다. 처음부터 끝까지 주제를 손에 쥐고 글을 풀어나가는 것이죠.

둘째, 중요한 내용을 빠트리지 않게 도와주는가 하면, 쓸데없는 중복을 막아주기도 합니다. 구성이 없거나 허술하면 무엇을 쓰고 있는지 무엇을 쓰지 않았는지 확인하고 점검할 방법이 없습니다.

셋째, 단락 사이의 균형을 잡아줍니다. 글을 써 본 경험이 부족한 사람일수록 자기 글에 취하는 경우가 많은데요. 적정선에서 멈추고 다음 이야기를 해야 하는데도 계속 한 가지 이야기만 쓰다가 분량을 다 채우는 것이죠. 구성을 명확히 해 두면 이런 현상도 방지할 수 있습니다.

구성은 논리와도 연결됩니다. 글은 핵심 주제문과 뒷받침 글로 이루어집니다. 예를 들어, '학교에 가기 싫다.'는 문장을 주제문으로 적었다고 칩시다. 그 아래쪽에는 무엇을 적어야 할까요? 학교에 가기 싫은 이유, 학교에서 무슨 일이 있었는지 경험, 학교에 가는 것과 가지 않는 것의 장점과 단점, 앞으로 어떻게 할 것인가 계획 또는 다짐 등. 독자가 이 글을 읽으면서 고개를 끄덕일 수 있어야 합니다. 막무가내로 학교에 가기 싫다는 말만 반복하면 아무도 공감하지 않을 겁니다. 이렇게 풀어나가야겠다 머릿속으로 아무리 정리해도, 막상 글을 쓰기 시작하면 중구난방 내용이 흩어지게 마련입니다. 가지런하게 모으고, 일목요연하게 정리하는 것이 구성의 핵심입니다.

인생에도 구성이 필요합니다. 꿈과 목표를 선명히 하고, 그것을 이루기 위해 무엇을 어떻게 할 것인가 계획도 세웁니다. 지나온 시간을 돌이켜 반성과 성찰도 하고, 앞으로의 전략을 수정하고 보완하기도 합니다. 흘러가는 대로 인생을 보내는 사람이 생각보다 많습니다. 이런 사람들의 경우 두 가지 특성을 갖습니다. 먼저, 시간이 무한하다는 착각입니다. 지금 하지 않아도 언젠가 할 수 있을 거라고 생각합니다. 후회를 자초하는 겁니다. 무슨 일이든 지금 하지 못하면 나중에도 할 수 없습니다. 인생에서 시간이 넉넉한 때는 결코 오지 않는다는 사실을 명심해야 합니다. 다음으로, 어떻게든 될 거라는 안일한 생각을 갖고 있습니다. 낙천적이라는 말이나 긍정적이라는 말과는 전혀 다른 뜻이지요. 대책 없는 낙관은 치명적입니다. 생각을 여유 있게 하는 것과 나태한 태도는 명확히 구분되어야 합니다.

삶이라는 게 수학 문제 답처럼 딱딱 맞아떨어지지는 않습니다. 때로 목표나 계획을 세워도 뜻대로 풀리지 않는 경우가 많습니다. 분명한 것은, 정해진 항로를 벗어난다고 해서 목적지에 도달하지 못하는 것은 아니란 사실이지요. 우리가 해야 할 일은, 매 순간 항로를 점검하고 원인을 밝혀내고 수정하고 보완하는 것입니다. 인생은 종점이 아니라 과정이라 했지요. 탄탄한 구성이야말로 매 순간을 의미 있고 가치 있게 보낼 수 있는 방법이라 믿습니다.

죽기 살기로 돈만 좇으며 허둥지둥 살았던 적이 있습니다. 왜 전부 다 잃고 나서야 멈출 수 있었던가 후회도 많이 했었지요. 글은 쓰고 난 후에 얼마든지 고치고 다듬을 수 있지만, 인생은 한 번 지나가버리면 어쩔 도리가 없습니다. 할 수 있는 일은 오직 하나, 남은 인생을 다르게 사는 것뿐입니다. 짜임새 있는 인생을 살기로 결심했습니다. 흘러가는 대로 그냥 떠내려갈 것이 아니라, 내 인생을 두 손에 꼬옥 움켜쥔 채 살겠다고 말이죠.

글을 쓰는 과정에서 '서론-본론-결론', '기-승-전-결', '발단-전개-절정-결말' 등 구성의 기본 유형에 대해 공부했습니다. 생각나는 대로 마구 쓰는 것이 아니라, 이렇게 짜임새 있는 구성에 맞춰 쓰니까 한결 논리와 흐름이 좋아졌습니다. 잘 쓴 글과 못 쓴 글을 구분하는 다양한 기준이 있겠지만, 저는 개인적으로 구성이야말로 글을 잘 쓰기 위한 핵심 요소라고 확신합니다. 문장력이 다소 떨어져도(그렇다고 완전히 무시할 수는 없겠지만) 구성이 탄탄하기만 하면 독자는 무슨 말인지 이해하고 납득할 수 있다는 뜻입니다.

인생도 다르지 않습니다. 성장 환경, 학력, 배경, 인맥, 능력, 돈, 성격 등 삶을 결정하는 요소는 다양합니다. 그 하나하나가 인생을 결정한다기보다는 전체가 유기적으로 작용하여 개인의 평생을 결정한다고 봐야겠지요. 자신의 장점을 찾아 개발하고, 부족하고 모자란 점은 보완해 가면서, 나보다 부족한 이를 돕겠다는 마음으로 살아야 합니다. 문장이 나무라면 구성은 숲입니다. 자신이 아무것도 아닌 존재 같고 자기 인생이 별것 아니라 여겨질 때 많지만, 그것은 나무에만 집착한 탓에 시야가 좁아졌기 때문입니다. 누구의 인생도 함부로 폄하할 수 없습니다. 아직 인생 다 끝나지도 않았고요. 누구에게나 절정의 순간은 남아 있습니다. 최고의 날이 오지 않았다는 의미입니다.

판을 다시 펼쳤으면 좋겠습니다. 오늘이 '발단'이 되는 것이죠. 꿈과 목표를 정하고 앞으로 나아갑니다. 뻥 뚫린 미래로 전개시켜 나아갑니다. 머지않아 절정의 순간을 맞이할 겁니다. 눈 감는 순간이 결말이라면, 지금 한창 이야기가 진행되고 있는 중일 테지요. 멈출 필요도 없고 포기할 이유도 없습니다.

약속, 예외를 두지 마라

말의 구성 및 운용상의 규칙을 문법이라 합니다. 영어로 는 grammar라고 하는데, 그리스어 grammatikê, 즉 '문자를 쓰 는 기술'이라는 말에서 유래되었습니다. 단어 그대로 해석하 면, 문장을 쓸 때 지켜야 할 법칙 정도가 되겠지요. 네, 맞습니 다. 법法입니다. 과거 사업 실패로 참담한 시간을 보낸 저에게 는 이 '법'이라는 말이 남다르게 느껴집니다. 아주 몸서리가 쳐 질 지경입니다. 그래서 더 악착같이 공부했습니다. 적어도 글 을 쓰는 데 있어서만큼은 '법'을 지키지 않는 경우가 없어야겠 다고 생각한 겁니다.

그런데 문제가 생겼습니다. 이 문법이란 것이 얼마나 광범 위하고 그 내용이 많은지, 웬만큼 공부해서는 기본도 다 섭렵 하기 어렵다는 사실이지요. 결국 문법은 따로 공부할 것이 아 니라 독서를 통해 하나씩 자연스럽게 '익혀가는' 것이 최고의 방법이란 결론을 내렸습니다. 다행히도, 출판사는 문법에 상당히 예민하고 여러 사람의 손을 거쳐 수정·보완 후에 책을 내기 때문에 책을 읽으면서 충분히 공부가 가능했습니다. 물론, 실수도 있고 부족한 면도 없지 않겠지요. 하지만, 책에 대한 신뢰마저 저버리면 문법을 공부할 길이 막막해집니다. 아무튼 저는 꾸준하고 집요한 독서 덕분에 문법을 어느 정도 알게 되었습니다. 문법만 전문적으로 평생 공부한 사람과 비교하면 아직 발끝에도 미치지 못하겠지만, 제 경험과 생각을 표현하는 것에 있어 큰 아쉬움은 없습니다.

다시 원론으로 돌아가서, 글을 쓸 때 문법은 반드시 지켜야 하는 불문율임을 강조하고 싶습니다. 글이란, 사실과 감정을 전달하는 도구입니다. 독자에게 정확하게 전달되어야 하는 것이 제1목표입니다. 문법에 맞지 않는 문장을 비문이라 하는데요. 비문은 독자의 이해를 어렵게 하고, 작가의 품격을 떨어뜨리는 원인입니다. 글을 쓰고 책을 내고자 하는 사람이 문법을 소홀히 여긴다면 그것은 글을 잘 쓰고 못 쓰고를 떠나 '자질' 문제라고 봐야 할 것입니다.

제가 운영하는 〈자이언트 북 컨설팅〉에서는 일주일에 세 번 정규수업을 진행합니다. 거기에 더해서 매주 목요일 밤에 한 시간씩 '문장수업'을 별도로 진행하고 있습니다. 굳이 이렇게까지 하는 이유는, 그만큼 문법이 중요하기 때문입니다. 전례 없는 기술력의 시대입니다. 손가락만 까닥하면 대부분의 문법을 쉽게 찾아 확인할 수 있습니다. 귀찮고 번거롭다, 이런 이유로 문법을 대수롭지 않게 여기는 일 없었으면 좋겠습니다.

글을 쓸 때 문법을 반드시 지켜야 하듯이, 인생에서는 약속을 꼭 지켜야 합니다. 친구와 몇 시에 만나기로 했다는 것만 약속이 아닙니다. 사람 대 사람으로서 지켜야 할 모든 예절과 기본 태도가 약속입니다.

저는 온라인 수업을 진행할 때, 수강생들로 하여금 반드시 화면을 켜라고 요구합니다. 불편한 기색을 비치는 수강생이 꽤 많습니다. 어쩔 수 없이 화면을 켜는 사람도 그 표정이 밝지 않고요. 어떤 마음인지 잘 압니다. 아무래도 화면을 끄고 자신을 드러내지 않은 상태에서 수업을 들으면 편하고 좋겠지요. 대신 저는 컴컴한 모니터를 보면서 벽에다 대고 말하듯이 강의를 해야 합니다. 라디오 방송처럼 듣는 사람들을 일일이 신경 쓰지 않고 저 혼자 말하면서 두 시간 때울 수도 있겠지요. 하지만 그렇게 하면, 강의를 준비하는 저도 점점 소홀해질 겁니다. 두 시간 강의를 위해 스무 시간 준비합니다. 매번 강의할 때마다 사전 두 시간 리허설도 합니다. 저는 제 강의에 혼을 담습니다. 모두의 입맛에 다 맞지는 않겠지만, 제가 할 수 있는 최선을 다 하기 때문에 부끄럽지 않습니다. 온 정성을 쏟아 붓기 때문에, 수강생들한테도 화면을 켜달라고 요구할 수 있는 것입니

작가의 인생 공부

다. 온라인 문화에서 지켜야 할 기본예절이며 법도라고 생각합니다. 악성 댓글로 사람이 죽기도 합니다. 이런 현상이 왜 생긴 겁니까? 익명이라는 장치 뒤에 숨어서 타인을 비방하고 모략하는 인간들이 생겨났기 때문이지요. 글을 쓰는 것은 자신을 드러내는 행위입니다. 다른 강의까지 제가 언급할 것은 아니겠지만, 글쓰기·책쓰기에 관한 강의만큼은 서로가 화면을 켜는 것이 '문법'이라고 생각합니다.

인생에서 지켜야 할 또 한 가지 약속은, 뒤에서 험담하지 말아야 한다는 것입니다. 얼마나 자신이 없으면 앞에서는 말을 못하고 뒤에서 숙덕거립니까. 저야 뭐 뒤에서 제 흉보는 사람 있다고 해도 신경도 안 쓰고 살지만, 세상에는 마음이 약한 사람도 많고 심지가 여린 사람도 적지 않습니다. 뒤에서 수군거리는 사람이 제일 많은 곳이 어디냐 하면요. 감옥입니다. 감옥에서는 종일 그 자리에 없는 사람 욕만 합니다. 판사를 욕하고, 교도관을 욕하고, 변호사를 욕하고, 검사를 욕하고, 자신을 고소한 상대방을 욕하고, 부모를 험담하고, 아내를 험담하고, 자신을 이렇게 만든 사회와 세상을 비꿉니다. 삶이 나아지지 않을 때 가장 먼저 짚어 보아야 할 것이 바로 이것입니다. 혹시 나는 뒤에서 누군가를 험담하지 않는지요?

지켜야 할 약속은 또 있습니다. 인생에서는 자신의 가치를 인정하고 존중해야 합니다. 사업에 실패하고 빚만 잔뜩 안은 채 희망이라곤 없었던 때가 있었지요. 그 때 저는 자살 시도만 스무 번 가까이 했습니다. 돌이켜보면 끔찍합니다. 제 자신에게 한없이 미안하고요. 사업에 실패한 것이 내 자신을 가치 없는 존재라고 여길 만한 근거가 될까요? 돈을 전부 날린 것이 인생의 끝이라고 단정지어도 되는 걸까요? 좁은 방 안에 웅크리고 앉아 글 쓰면서 깨달았습니다. 전부를 잃었다고 생각했지만 그게 아니었지요. '내'가 여전히 살아 있었습니다. 그것으로 충분했습니다. 저는 다시 시작했고, 결국은 지금의 삶에 이를 수 있었습니다. 중요한 것은, 사업에 실패했던 바로 그 순간의 저나 지금의 저나 똑같은 존재이며 가치라는 사실입니다.

경험은 '나'를 설명할 수 없습니다. 그것들은 그저 나를 관통하는 흐름일 뿐이지요. 만약 경험이란 것이 나의 가치를 결정짓는 절대 요소라면, 저는 오래 전에 사라졌어야 마땅합니다. 이 글을 읽는 독자 중에 혹시 실수나 실패로 좌절하고 있는 분 계신다면, 목에 핏대를 세운 채 꼭 전해드리고 싶습니다. 다이아몬드는 시궁창에 빠져 있어도 빛이 나고, 달은 구름에 가려져 있어도 둥글지 않은 때가 없었고, 나무는 가을에 잎이 져도 의연하기만 합니다. 우리는, 우리 모두는, 이미 충분히 가치 있는 존재입니다. 그러니, 아무 생각 말고 오늘 할 수 있는 일에만 전념하길 바랍니다.

작가의 인생 공부

인생에서 지켜야 할 약속이 어디 한두 가지뿐이겠습니까. 각자가 생각하는 '문법'이 틀림없이 있을 겁니다. 인생 문법을 지키는 사람은 자신의 품격을 지키는 것은 물론 타인을 배려하는 존재이기도 한 것이지요. 글을 쓸 때 예외 없이 문법을 지켜야 하듯이, 인생에서도 지켜야 할 기본에 충실하면서 살아가도록 노력해야겠습니다.

한 번에 하나씩

글을 특정 단위로 분류해 놓은 것을 문단이라 합니다. 문단은, 완결된 생각을 담은 문장들이 모여서 하나의 중심 생각을 나타내는 덩어리를 말합니다. 한 편의 글은 이러한 문단이 모여 이루어집니다. 정리하자면, 한 편의 글이란 몇 개의 중심 생각 덩어리가 모여 하나의 큰 주제를 표현하는 것이라 할 수 있겠습니다. 따라서 문단은 크게 두 가지의 특징을 가지게 됩니다.

첫째, 반드시 하나의 중심 생각을 가져야 합니다. '엄마'에 관한 이야기를 하는 문단에는 아빠 이야기가 들어가면 곤란합니다. 남편을 향한 사랑을 말하는 문단에는 술에 취한 남편이 꼴 보기 싫다는 말을 넣어서는 안 된다는 뜻이지요.

둘째, 문단에는 중심 생각을 뒷받침하는 문장이 필요합니다. '돌아가신 엄마가 보고 싶다'는 문장이 중심 생각이라면, 어릴 적 엄마와의 추억이나 마지막 모습 또는 엄마의 말투나 특별한 향수 냄새 따위를 적어야 합니다. 뒷받침 문장이 생생하게 살아 있고 납득이 될수록 중심 생각이 독자에게 잘 전달될 수 있습니다.

한 편의 글을 쓸 때, 문단 구성을 제대로 잘 하기만 해도 제법 글다운 글을 쓸 수가 있습니다. 많은 초보 작가들이 글을 쓸 때, 곧장 A4 용지를 펼쳐놓고 첫 줄부터 마구 써 내려가는데요. 한 편의 글 적정 분량은 대략 A4용지 1.5~2매 정도입니다. 원고지로 치면 약 12~15매 정도가 되지요. 글을 써 본 경험이 부족한 이들에게 결코 만만한 양이 아닙니다. 전체 주제, 단락별 중심 생각, 이를 뒷받침할 내용들로 미리 문단을 구분해 놓고 시작하면 한결 글을 쓰기가 수월합니다.

현대는 기술력의 시대입니다. 예전에 종일 걸렸던 일을 요즘은 한 시간이면 끝낼 수 있고요. 옛날에 한 시간 걸렸던 일을 요즘은 5분 만에 마칠 수 있습니다. 기술이 뛰어나다 보니, 그 기술을 다루는 사람의 능력도 함께 뛰어나야 마땅하다고 보게 되었지요. 스마트폰이 아무리 스마트해도 그것을 다루는 사람이 스마트하지 못하면 바보 소리 듣는 세상입니다. 현실이 이러하니, 개인도 첨단 기기 못지않은 능력을 갖춰야 한다는 강박이 생기기 시작했습니다. 한 번에 두 가지 세 가지 일을 동시에 척척 해내는 사람을 높이 평가하게 된 것이지요.

인간의 뇌는 한 번에 두 가지 일을 동시에 처리하지 못한다고 합니다. 겉으로 보기에는 동시에 하는 것 같지만, 짧은 시간 동안 이 일과 저 일을 오가며 처리하는 셈입니다. 운전할 때 통화를 하는 것이 위험한 이유는, 우리의 뇌가 전방 주시와 통화 사이를 왔다 갔다 하기 때문에 빈틈이 생길 수밖에 없기 때문입니다.

하나의 문단에는 하나의 중심 생각을 담아야 한다고 했습니다. 인생도 마찬가지입니다. 무슨 일이든 한 번에 하나씩 차근차근 풀어가는 습관을 키워야 합니다. 지금을 살아가는 우리들에게 가장 부족한 힘이 무엇일까요? '차근차근'입니다. '꼼꼼'입니다. '차분하게, 정성껏, 제대로, 섬세하게' 따위의 말들이 낯설게 느껴질 정도입니다.

초보 작가의 글을 보면 몇 가지 공통점이 있는데요. 그 중에서도 대표적인 것이 조급하다는 사실입니다. 글을 쓰는 행위 자체가 느림과 여유로 이어져야 하는데, 당장 무슨 급한 일이 있는 것처럼 빨리 끝내기에 급급합니다. 그나마 글의 시작 부분은 차분할 때가 많습니다만, 뒤로 갈수록 급히 마무리했다는 느낌을 지울 수가 없지요. 문제는, 대부분 글에서 비슷한 현상을 발견할 수 있다는 겁니다. 다른 일도 아니고 글을 쓰는 것인데, 글 빨리 써서 뭘 어찌하겠다는 뜻일까요.

글을 쓰는 데에만 집중하는 것이 아니라, 다른 할 일이 많다는 의미입니다. 빨리 쓰고 설거지해야 합니다. 빨리 끝내고 회사 업무를 봐야 합니다. 서둘러 끝내고 좀 쉬어야지요. 후다닥 끝내고 유튜브 봐야 합니다. 빨리 써 놓고 가족 여행 가야 합니다. 이렇게 다른 해야 할 일이나 하고 싶은 일이 따로 있는데, 어찌 글 쓰는 동안 집중할 수 있겠습니까. 사랑하는 여자 앞에 두고 십 분만 스마트폰 쳐다보고 있어 보세요. 고개 들면 아마 그 여자 집에 가고 없을 겁니다. 글도 다르지 않습니다. 쓰는 사람이 얼마나 관심을 갖고 정성을 쏟는가에 따라 글이 좋아지는 정도가 하늘과 땅 차이입니다.

군이 슬로라이프를 강조하고 싶은 마음은 없습니다. 다만, 무슨 일을 하든 집중하고 몰입할 필요는 있습니다. 한 번에 하나씩 해도 얼마든지 잘 해낼 수 있습니다. 아니, 더 잘할 수 있습니다. 속도 빠른 세상에서 살아남을 수 있는 최선의 방법은, 빠르게 질주하는 세상을 지켜보는 여유를 갖는 것이죠. 속도에 휩쓸리면 정신을 차릴 수 없습니다. 썩은 나무가 홍수에 떠내려가는 것은 자기중심을 잃은 탓입니다.

글 쓰는 태도는 일상을 대하는 습관과 연결됩니다. 문단을 구분하고 중심 생각을 하나씩 차근차근 풀어가다 보면 하루하루 생활도 정리정돈이 되어간다는 느낌을 받습니다. 작가라면, 자신이 쓴 글의 문단 정도는 구분할 수 있어야 합니다. 잘 살고 싶다면, 자신이 어떤 삶을 살고 있는지, 어디를 향해 나아가고 있는지, 앞으로는 어떤 자세로 살아갈 것인지, 자기 인생 정돈부터 해야 하지 않을까 생각해 봅니다. 차근차근. 꼼꼼하게. 정성껏. 차분하게.

작가의 인생 공부

자신의 우주를 확장하라

어휘란 일정한 범위 안에서 쓰이는 단어 및 특정한 표현 전체를 말합니다. 지금 제가 쓰고 있는 이 원고는 모두 어휘로 구성되어 있는 것이죠. 말을 잘하는 사람을 두고 '어휘를 사용하는 힘이 뛰어나다.'고 표현합니다. 글을 잘 쓰기 위해서는 '어휘력이 풍부해야 한다.'고 말합니다. 한 권의 책은 한 편의 글이 모여 완성되고, 한 편의 글은 문단의 구성이고, 문단은 문장의 연결이며, 문장은 어휘의 총체라 할 수 있습니다. 따라서, 글을 쓰는 데 있어 가장 기본이 되는 요소가 바로 어휘입니다.

어휘가 부족한 사람은 표현하는 데 한계가 있습니다. 김태희를 봐도 아름답다고 하고, 저녁 노을을 봐도 아름답다고 하며, 밤하늘의 별을 봐도 아름답다고 하고, 나이아가라 폭포를 봐도 아름답다고 합니다. '먹방'을 보면, 음식 하나하나 그 맛을 세심하게 표현하는 사람이 있는가하면, 시종일관 "맛있다!"

는 말만 되풀이하는 사람이 있지요. 자신의 감정과 느낌을 제대로 표현하지 못하니 스스로 답답함을 느낄 테고요. 함께하는 사람들도 그에게 아무런 매력을 느끼지 못할 겁니다.

반면, 어휘력이 풍부한 사람은 표현도 다양합니다. 맛있다는 표현 외에도, "입안에서 사르르 녹는다.", "담백함과 고소함이 잘 조화된 맛이다.", "그야말로 봄의 맛이다!", "겉은 바삭하고 속은 감미롭다.", "어머니가 그리워지는 맛이다." 등등 듣기 거북하지 않으면서도 색채감 있게 어휘를 다룹니다. 말을 잘하는 사람도, 글을 잘 쓰는 사람도, 모두가 결국은 어휘를 얼마나 잘 다루느냐에 따라 결정된다고 할 수 있습니다.

어휘는 표현의 한계이면서 동시에 생각의 한계이기도 합니다. "힘들다, 짜증난다." 등의 표현밖에 쓰지 못하는 사람은 실제로 그의 삶이 힘들고 짜증나는 일로 가득할 가능성이 큽니다. 할 만하다, 견딜 수 있다, 오늘도 버텨냈다, 이제 좀 쉴 수 있겠다, 땀 흘린 보람이 있다, 내일은 다른 방법으로 시도해 봐야겠다…… 보이지도 않고 들리지도 않지만, 머릿속 생각이 어떤 어휘로 가득 차 있는가에 따라 삶이 달라집니다.

1년 6개월이라는 시간 동안 세상의 뒤편에서 쓰라린 시간을 보냈습니다. 처음에는 그저 죽고 싶을 뿐이라는 생각만 들었지요. 글을 쓰고 책을 읽으면서 생각이 달라졌습니다. 돌이켜

보면, 제 머릿속 어휘가 달라졌기 때문인 듯합니다.

첫째, 먼저, 당장 내가 할 수 있는 일이 아무것도 없다는 현실을 받아들였습니다. 감옥 안에 앉아서 무얼 할 수 있었겠습니까. 결심했습니다. 걱정, 근심, 염려, 불안, 초조 따위 감정을 최대한 없애야겠다고 말이죠. 그런 부정적 감정이 당시의 저에게 아무런 도움이 되지 않는다는 사실을 인정했습니다.

둘째, 다음으로, 무엇이 됐든 당장 제가 할 수 있는 일에만 몰입하기로 했습니다. 두 가지였지요. 글을 쓰는 것과 책을 읽는 것. 치열하게 쓰고 읽었습니다. 참 별일입니다. 평생 글 한 줄 써 본 적 없고 책 한 권 제대로 읽은 적 없던 제가 아침에 눈을 떠서 밤에 잠자리에 들 때까지 종이와 펜 그리고 책을 손에서 놓지 않았으니까요.

셋째, 스스로 동기를 부여하고 자극을 주는 말을 속으로 반복하기 시작했습니다. 여기가 끝이 아니다, 난 결코 이대로 주저앉지 않는다, 바닥까지 추락한 나 같은 사람도 다른 사람 도울 수 있다는 사실을 보여주고 싶다, 구겨지고 박살나도 여전히 내 인생이다, 모든 걸 다 잃었지만 아직 나는 남아 있다, 불투명한 미래에 대해 걱정하는 대신 주어진 오늘에 최선을 다하자, 세상에서 가장 소중한 것은 나의 인생이다······ 살면서 한 번도 해 본 적 없는 '근사한 말'들로 머리와 가슴을 가득 채웠습니다. 아마도 그 때부터였던 것 같습니다. 흔들리지 않는, 삶의 중심을 잡게 된 것이 말이죠.

말과 글에는 신비로운 힘이 있습니다. 이 글을 읽는 독자 중에는, '말하고 글 쓰는 걸로 다 될 것 같으면 누가 힘들고 어렵게 살고 있겠는가?' 의구심을 가지는 사람도 있을 겁니다. 저도 그랬으니까요. 하지만, 딱 한 번만 주변을 살펴보십시오. 실제로 긍정의 말을 반복하고 그것을 꾸준히 글로 옮겨 적는 사람을 찾기가 힘들 겁니다. 효과가 있고 없고는 해 보고 말해야 합니다. 어설픈 짐작이나 추측으로 인생이 달라질 기회를 놓친다면 얼마나 아깝고 원통하겠습니까. 다양한 어휘를 익혀 자신의 삶에 적용하기를 권합니다.

그렇다면, 어떻게 해야 다양한 어휘를 익힐 수 있을까요?

첫째, 단연코 독서입니다. 줄거리 위주의 독서보다는 문장 독서를 해야 합니다. 저자가 무슨 말을 전하고 있는가에 관심 갖는 것도 중요하지만, 문장 하나하나에 깃든 진심과 적확한 단어 사용에 집중할수록 어휘를 빨리 익힐 수 있습니다.

둘째, 관심을 가져야 합니다. 영화나 드라마 명대사에도

작가의 인생 공부

기가 막힌 어휘가 많고요. 광고 문구에도, 예능 프로그램 자막에도, 위인들이 남긴 명언에도, 삶에 도움이 되는 빛나는 어휘가 가득합니다. 손가락만 몇 번 움직이면 찾을 수 있습니다.

셋째, 말을 줄이고 귀를 열어야 합니다. 쉴 새 없이 입을 움직이는 사람은 어휘가 내면에서 숙성될 틈이 없습니다. 언변이 뛰어난 사람 중에도 말이 가벼운 사람이 있고, 단 몇 마디 말만으로 청중을 휘어잡는 묵직한 달변가도 있습니다. 많이 듣고 많이 읽는 사람이 어휘력을 제대로 키울 수 있습니다

다양한 어휘를 익히는 것은 자신의 우주를 넓히는 일입니다. 우주를 넓힌다는 말은 더 자유롭게 살아갈 수 있다는 뜻이지요. 표현의 자유와 글을 쓸 권리를 제대로 누리기 위해서는, 그래서 타인을 돕고 자신의 삶에 의미와 가치를 더하기 위해서는, 어휘 공부를 제대로 해야 합니다. 더 넓은 세상에서, 더 자유롭게 살아가기 위해서 말입니다.

그 이름을 정확히 부르면
그 삶이 나에게 온다

제목은 작품이나 보고서 등의 내용을 대표하기 위해 붙이는 이름을 말합니다. 책 제목이 있고, 각 챕터 제목이 있고, 소주제 제목이 있습니다. 책을 읽기 전에 먼저 제목을 봅니다. 흥미를 유발하고 호기심을 갖게 하지요. 책은 수많은 단어와 문장과 꼭지들로 구성되어 있지만, 제목 하나로 독자로부터 선택받기도 합니다. 그만큼 중요하다는 얘기입니다.

제목은 유행에도 민감합니다. 한 개의 단어로 짧은 키워드 형식의 제목이 유행했던 시절이 있는가 하면, 긴 문장 형식으로 책 제목을 정하기도 합니다. 전혀 어울리지 않는 두 개의 단어를 연결하여 뚱딴지같은 제목으로 독자의 관심을 끌기도 하고, 상식을 뒤집는 말로 호기심을 자아내기도 합니다.

그렇다고 해서 무조건 인기만 끌려는 식의 제목을 붙여서는 안 됩니다. 독자를 기만하고 속이는 행위지요. '~만 하면 한 달에 천만 원 벌 수 있다'는 식의 제목이 최악입니다. 실제로 그런 일은 없습니다. 자극적인 제목을 붙여 책을 많이 팔고 싶은 작가와 출판사의 입장을 이해하지 못하는 것은 아니지만, 껍데기만 그럴 듯하고 속은 텅 빈 강정 같은 책은 결국 독자의 외면을 받을 수밖에 없습니다.

책이 아니라 한 편의 글을 쓸 때도 제목을 꼭 붙이는 습관을 들이는 것이 좋습니다. 제목을 붙이면 글의 중심을 잃지 않을 수 있습니다. 초보 작가의 경우, 어떤 내용을 써야겠다 작심하고 집필을 시작하지만, 쓰다 보면 내용이 산으로 가는 경우가 많습니다. 애초에 주제를 딱 부러지게 정하지 않았기 때문입니다. 주제와 제목을 선명하게 정하고 쓰면 끝까지 메시지를 유지할 수가 있습니다.

책이나 글에 제목을 꼭 붙여야 하듯이, 글 속에 등장하는 모든 사물과 사람에도 이름을 붙여야 합니다.

'내가 그의 이름을 불러주기 전에는 그는 다만 하나의 몸짓에 지나지 않았다. 내가 그의 이름을 불러주었을 때, 그는 나에게로 와서 꽃이 되었다.'

저 유명한 김춘수 시인의 〈꽃〉이라는 시입니다. 하나의 몸짓에 지나지 않았던 것이 이름을 불러주니 꽃이 되었다 합니다. 아름다운 표현이지요. 맞습니다. 세상 모든 존재에게는 이름이 있습니다. 이름이야말로 존재 가치의 시작이자 존중의 표현입니다.

저는 이름을 불러주는 것이 얼마나 소중하고 가치 있는 행위인지 절실하게 느낀 적 있습니다. 감옥에서는 이름을 부르지 않습니다. 수번이라고 해서, 가슴팍에 네 자리 번호를 달고 생활합니다. 교도관이 창살 너머에서 수번을 부릅니다. 3823번! 2448번! 이런 식으로 말이죠. 이름이 아니라 번호를 부르는데도 호명되는 사람은 큰 소리로 대답해야 합니다. 얼마나 모욕적이고 수치스러운지 말도 못합니다. 더 가슴 아픈 일은, 시간이 지날수록 이름보다 수번에 익숙해진다는 사실입니다. '나'를 잃어가고 '번호'에 적응해버리는 것이죠.

인력 시장에서 막노동할 때도 마찬가지입니다. 그곳에서는 이름을 부르지 않습니다. "이은대씨!"라고 부르는 게 아니라, "어이, 이씨!"라고 부릅니다. 같은 성을 가진 사람이 여럿 있어서 "이씨!"라고 누가 부르면 전부 다 돌아봅니다. 존재 가치가 없습니다. 이름을 외울 필요도 없습니다. 키가 큰 이씨, 얼굴이 새카만 이씨, 맨날 술 마시는 이씨, 목소리 이상한 이씨, 파란 모자 쓰고 다니는 이씨…… 이름을 잃은 사람들의 모임 같았습니다. 과거, 직장에 다닐 때 주임, 대리, 과장 등의 호칭과 이름이 정식으로 내 자리에 붙어 있었다는 사실이 얼마나 당당하고 행복한 삶이었는지 깨닫게 되는 순간이었지요.

글을 쓸 때는 제목을 붙이는 것 못지않게 이름을 붙여 쓰는 것도 중요합니다. '베란다에 핀 꽃'이라고 쓰기보다는 '베란다에 핀 장미'라고 쓰는 것이 좋습니다. '남자친구 차를 타고 데이트했다.'라고 쓰기보다는 '남자친구의 파란색 소나타를 타고 제주도 용두암 해안도로를 두 시간 달리고 왔다.'고 쓰는 편이 한결 진실한 글이지요. 구체적으로 쓰는 방법이기도 합니다. 특히, 엄마 작가들이 글을 쓸 때 자신의 아이 이름을 쓰기를 꺼려합니다. 큰 아이, 작은 아이, 우리 애, 아들, 딸 등으로 표현합니다. 자녀의 이름을 직접적으로 거론하기 꺼려진다면 가명을 써도 됩니다. 예쁜 이름 하나 가명으로 정하고, 글을 쓸 때마다 이름을 적어주면 읽는 사람 입장에서도 작가에게 다가가기가 훨씬 수월합니다. 가족, 친척, 친구, 회사 동료, 지인 등 어떠한 경우에도 그 사람의 이름이나 직급을 불러주는 습관을 들여야 존중받고 존중하는 글을 쓸 수가 있는 것이죠.

살아 펄떡이는 글을 쓰라고 합니다. '마트에 가서 생선을 샀다.'라는 표현보다 '홈플러스에 가서 고등어자반 두 마리를 샀다.'는 표현이 더 생동감 넘칩니다. 무엇을 보았는지, 무엇을 들었는지, 누구와 어떤 얘기를 나눴는지, 그래서 느낌은 어땠는지. 글이란, 사실과 감정을 전하는 과정이지요. '전달한다'는 개념이 중요합니다. 말과 글의 본질입니다. 제대로 전달하기 위해서는 정확하고 구체적이어야 합니다. 앞을 보지 못하는 사람한테 길을 가르쳐주듯이, 친절하고 상세하게 이름을 불러주세요. '묘사'라는 말이 있지요. 어렵습니다. 복잡합니다. '묘사'라는 말로 접근하지 말고, 이름을 불러주며 구체적으로 적어보자고 생각하는 편이 수월합니다.

꿈과 목표에 관한 이야기로 마무리하려고 합니다. 부자가 되고 싶다, 돈을 많이 벌고 싶다, 행복해지고 싶다……. 이런 꿈과 희망은 이루어질 가능성이 희박합니다. 이름을 불러주지 않았으니 꽃이 될 리 없지요. 언제까지 얼마를 벌고 싶다, 어떤 삶을 살고 싶다, 몇 살쯤 어디에서 무얼 하며 살고 싶다…… 정확하게 이름 붙이고 구체적으로 그릴 수 있어야 그 꿈과 목표가 현실이 됩니다. 머릿속에, 마음속에, 무엇이 있습니까? 이름을 불러보세요. 온 마음을 다해서. 삶이 될 겁니다.

목표와 계획의 중요성

목차는 책의 맨 앞쪽에 본문 제목의 순서를 나열해놓은 것을 말합니다. 경우에 따라 목차만으로 책의 내용을 대략 짐작할 수도 있습니다. 책을 구입하는 사람들은 가장 먼저 목차를 살펴봅니다. 목차 제목을 매혹적으로 정해야 하는 이유이기도 합니다. 목차는 책 구성의 흐름입니다. 무조건 멋진 제목으로 만들기만 하면 되는 게 아니라, 1장부터 2장 3장 등으로 이어지는 맥락이 자연스럽게 이어져야 합니다.

책을 쓰려는 사람에게는 목차를 짜는 것이 가장 중요한 일이기도 하고, 또 가장 어려운 일이기도 합니다. 제목과 목차가 책 집필의 50%에 해당한다는 말도 있을 정도입니다. 목차가 허술하면 집필 과정이 더 힘들고 어려울 수밖에 없습니다. 각 꼭지별로 전해야 할 핵심 메시지가 있어야 하고, 그 핵심 메시지를 드러내는 것이 제목입니다. 제목의 나열이 목차이지요.

따라서, 집필 중에도 수시로 목차를 보면서 자신이 어떤 글을 쓰고 있고 써 나가야 할 것인가 파악하는 습관을 놓치지 말아야 합니다.

목차를 짜는 일은 그림에 있어 스케치와 마찬가지입니다. 집을 지을 때 필요한 설계도에 다름 아니지요. 중요성에 대해서는 더 이상 설명할 필요가 없을 것 같습니다. 하지만 잊지 말아야 할 것이 있습니다. 목차가 이토록 중요하기 때문에, 대부분 초보 작가가 목차를 짜느라 많은 시간과 노력을 투자합니다. 시간과 정성을 쏟는 것은 나무랄 일이 아니지만, 문제는 하염없이 목차만 붙잡고 있느라 집필은 시작도 하지 못한다는 사실입니다. 본질은 글을 쓰는 것입니다. 본질은 그림을 그리는 것이고, 본질은 집을 짓는 것이지요. 그림을 그리다 보면 스케치를 수정할 수도 있고, 집을 짓다 보면 설계 도면을 수정할 수도 있습니다. 목차를 완성한 후에 글을 쓰기 시작해야 하지만, 집필 중에 얼마든지 목차를 수정하거나 보완할 수 있습니다. 완벽은 없지요. 어느 정도 목차가 완성되었다면 더 이상 시간을 끌지 말고 집필을 시작해야 합니다.

같은 맥락에서 인생 목표와 계획을 말씀드리고자 합니다. 너무 많이 들어서 귀가 따가운 사람도 있을 겁니다. 이번이 마지막이란 생각으로 집중해주시면 좋겠습니다. 해마다 11월이나 12월이 되면 많은 사람이 다음 해 목표와 계획을 세웁니다. 글을 쓰고 책을 출간하고, 매일 독서를 하고, 미라클 모닝을 실천하고, 영어 공부를 하고, 자격증을 따고, 돈을 많이 모으고, 자기 계발에 힘쓰고, 더 나은 삶을 위해 뭔가를 하고…… 연말에 주변 사람들을 돌아보면, 정신이 하나도 없을 지경입니다. 교보문고 핫트랙스에 가면 새해 다이어리가 수도 없이 진열되어 있고, 그 앞은 사람들로 붐벼 발 디딜 틈이 없을 정도입니다. 작년 연말에 세웠던 목표와 계획, 어느 정도 지켰을까요? 얼마만큼 이루었을까요? 글쎄요. 80% 이상 달성했다는 답변을 들어 본 적이 없습니다.

목표를 높이 세우고 계획을 철저하게 짜는 것은 중요하고 필요한 일입니다. 하지만 본질이 더 중요하지요. 본질은 무엇입니까? 오직 실행입니다. 실행하지 않는 목표와 계획은 없는 것이나 다름없습니다. 목차를 어느 정도 완성했으면 바로 집필을 시작하라고 권합니다. 가끔은 더 완벽한 목차를 짜기 위해 애쓰고 있으니 독촉하지 말아달라고 요구하는 수강생이 있습니다. 시간은 얼마든지 주겠다, 그러나 목차는 집필 중에 수정해도 되니까 바로 집필하는 게 중요하다, 아무리 강조해도 자기 고집을 꺾지 않습니다. 그랬던 사람들, 아직까지 한 줄도 쓰지 않고 있습니다. 2년이 지난 사람도 있고 3년이 지난 사람도 있습니다. 그놈의 목차, 썩어 문드러지지 않았을까 걱정입니다.

지금까지 제가 본 여러 사람들의 목표와 계획 중에서, 근사하지 않은 것은 하나도 없었습니다. 전부 다 멋있고 우아하고 대단하고 훌륭했습니다. 그 목표와 계획의 절반이라도 실행했더라면, 아마 우리나라는 지금보다 두 배는 더 발전했을 겁니다. 제가 이렇게 말을 심하게 하는 이유는, 그만큼 답답하기 때문입니다. 말만 번지르르하고 움직이지 않는 사람이 가장 많은 곳이 어디인 줄 아십니까? 감옥입니다. 그 안에 있는 사람들, 말을 어찌나 잘하는지 아주 청산유수입니다. 그렇게 한참을 이야기하다 보면 자기네들 스스로가 힘이 빠져 결국 입을 다물게 됩니다. 이렇게 잘난 내가 왜 여기 와 있나, 현실 파악을 하는 겁니다. 출소하는 날, 가슴에 손을 얹고 맹세한 게 몇 가지 있습니다. 그 중 하나가 실행입니다. 미래 목표와 계획을 세우는 것도 중요하지만 오늘의 실행이 훨씬 중요하다는 사실을 잊지 않겠다고 다짐을 거듭했습니다. 꿈을 가진 사람이 성공한다는 말도 맞습니다. 치밀한 계획을 세워야 실수나 실패를 줄일 수 있다는 말도 지당합니다. 하지만, 이 모든 것은 실행이 뒷받침될 때에만 비로소 가능한 일입니다.

목차만 갖고 고민하지 말고 과감하게 첫 꼭지를 시작하시기 바랍니다. 목표와 계획만 세우지 말고 지금 당장 실천하기

작가의 인생 공부

바랍니다. 머리를 쓰지 말고 손을 써야 합니다. 날아오르기 위해서는 날갯짓을 시작해야 합니다.

작가의 모든 것

문체란, 문장의 개성적 특색입니다. 시대, 문장의 종류, 글 쓴이에 따라 그 특성이 문장의 일부 또는 전체에 드러납니다.(네이버 어학사전) 그런데, 위키백과에서 '문체'를 검색해 보면 독 특한 정의를 하나 더 볼 수 있습니다. 다음은 위키백과에서 발 췌한 문체의 정의입니다.

> 문체론은 언어학과 문예학의 중간 영역에 있기 때문에 다 의적이어서 정의하기가 곤란하나, 기록에 의하면 '쓰는 사 람 또는 이야기하는 사람의 본성이나 의도에 의해서 결정되 는 표현수단의 선택에서 생기는 서술의 여러 가지의 모습' 이라고 정의를 내리고 있다.(위키백과)

일반적으로 문체라고 하면, 경어체와 평어체 정도로만 생각하는 사람이 많습니다. 초보 작가 입장에서 가장 직접적으로 필요한 부분이기 때문에 그럴 수도 있겠지요. 하지만, 위에서 보는 것처럼 문체에는 '그 사람의 본성이나 의도'까지도 포함이 되는 것입니다. 글을 보면 그 사람을 알 수 있다는 말도 어쩌면 문체에서 비롯된 것이 아닐까 싶네요.

그렇다면 이제 문체는 가볍게 여길 문제가 아닙니다. 어떤 글을 쓰든, 내 문체에는 나의 본성이나 의도가 그대로 드러날 테니까 말입니다. 글 한 편 쓰는 것도 힘들고 어려운 일인데, 이렇게 문체까지 염두에 두고 공부해 가면서 써야 한다니 골치가 아플 지경이지요.

저는 지금 문체에 대해 학문적으로 깊이 공부해야 한다는 말을 하는 게 아닙니다. "어떤 문체를 써야 할까요?"라는 질문을 자주 받거든요. 이 말은, 어떤 문체든 쓸 수 있다는 뜻 아니겠습니까? 문체의 정의를 바탕으로 보자면 말도 안 되는 소리입니다. '본성이나 의도'를 드러내는 것이 문체인데, 어떻게 문체를 마음대로 다룰 수 있겠습니까. 글을 쓰기 시작한 사람의 경우, 부단한 연습과 훈련을 통해 오직 '쓰기'에 열중하면 자연스럽게 자신만의 문체가 만들어진다는 뜻입니다. 높임말로 쓸 것인가 아니면 반말로 쓸 것인가, 이것은 문체의 범주에서 극히 일부만을 차지하는 내용입니다. 자신이 쓰는 글의 독자를 떠올리고, 나름 쓰기 편한 표현을 선택하면 그뿐입니다. 저도 지금까지 출간한 여섯 권의 책은 평어체로 출간했으나, 이번 책은 경어체로 쓰고 있습니다. 어떤 말로 쓰든, 결국 저의 본성과 의도가 드러날 테니 높임말이냐 반말이냐 하는 것은 크게 중요하지 않다고 생각한 것이지요.

본성과 의도라는 말을 넘어, 저는 문체가 "작가의 전부다!"라고 말하고 싶습니다. 쉬운 예로, 매사에 투덜투덜 불평과 불만 가득한 사람이 '긍정적으로 살아야 한다'는 내용의 책을 쓴다고 가정해 봅시다. 책 내용이 아무리 그럴 듯하고, 경어체를 쓰든 평어체를 쓰든 그것이 독자 가슴에 닿을 리가 있을까요? 감사할 줄 모르는 사람이 쓴 감사에 관한 책을 많이도 읽었습니다. 처음에는 이게 전부 사실인가 싶어 감동도 받고 눈물도 흘렸는데요. 자꾸 읽다 보니 자꾸만 의심이 생기고, 앞뒤가 맞지 않는 얘기도 눈에 띄기 시작했습니다. 결국은 책을 덮고 외면하게 되었습니다. 나중에 해당 작가의 실제 삶을 만날 기회가 있었는데, 얼마나 어이가 없던지 감동하고 눈물 흘리며 읽은 제가 분하고 원통할 지경이었습니다.

문체는 작가의 전부라고 했습니다. 삶이란 뜻이지요. 삶으로 보여줄 수 있다면 글로 쓰는 게 뭐 그리 대수겠습니까? 잘 쓰기 위해서는 잘 살아야 합니다. 글쓰기든 독서든 결국은 삶으로 연결되어야 합니다. 글을 쓰기가 어렵다고 하소연하는 사람 중에는, 실제 삶과 전혀 다른 글을 쓰려는 이도 적지 않거

작가의 인생 공부

든요. 그래서 강의 시간에 "있는 그대로 쓰세요!"라는 말을 자주 합니다. 무엇을 보았고, 무엇을 들었고, 어떤 감정을 느꼈으며, 그래서 어떻게 할 것인가. 단순하게 생각하면 어려울 게 하나도 없습니다. 그럼에도 왜 이토록 많은 사람이 있는 그대로 쓰기를 어려워하는 걸까요? 자신의 삶을 평범하고 보잘 것 없다고 여기기 때문입니다. 이왕에 책을 쓸 거라면 흥미진진하고 재미있고 독자들로부터 사랑 받는 내용으로 가득 채우고 싶은데, 아무리 생각해도 그럴 듯한 이야기가 떠오르지 않습니다. 어렸을 적 겨울 방학 때 친구들과 얼음판 위에서 썰매를 타다가 넘어져 엄마한테 호되게 야단맞은 이야기가 대체 무슨 의미가 있을까? 온갖 시련과 고통 속에 절망하다가 극적인 역전으로 인생 성공에 다다른, 이른바 할리우드식 영웅의 이야기에 반해 자신의 삶이 너무 초라하게 여겨지기 때문입니다. 글을 쓰기 위해서는 생각부터 바꿀 필요가 있습니다.

첫째, 자신의 삶이 충분히 가치 있다는 확신을 가져야 합니다. 어떻게 표현하고, 어떤 문체를 쓸 것인가 하는 것은 두 번째 문제입니다. 지금껏 살아오면서 겪은 모든 순간의 경험들이 의미 있다는 사실을 믿어야만 자신의 이야기로 다른 사람을 도울 수 있습니다.

둘째, 돋보기를 어디에 갖다 댈 것인가를 고민해야 합니다. 손발이 꽁꽁 얼어붙는 상황에서도 신나게 놀았던 경험을 떠올려 보면, 무슨 일이든 즐기면서 해야 한다는 메시지를 뽑아낼 수 있겠지요. 다른 친구는 아빠가 썰매를 만들어주는데 나만 혼자 썰매를 만들었던 경험을 통해 아빠에 관한 그리움으로 글을 쓸 수도 있을 겁니다. 그 시절 함께 놀았던 친구들은 다들 지금 어디에서 무얼 하며 살고 있을까, 아련한 추억을 담아도 됩니다. 못 입고 못 살던 시절이었지만, 어린 시절 우리는 매일 매 순간에 열중하며 살았지요. 하루하루 주어진 순간에 집중하고 몰입하자는 내용도 좋을 듯합니다. 단순히 경험만 갖고 글이 되느니 안 되느니 고민하지 말고, 어떤 부분에 초점을 맞출 것인가 생각하면 얼마든지 풀어낼 수 있습니다.

셋째, 세상에는 지구를 구하는 영웅보다 나처럼 평범한 사람이 더 많다는 사실을 잊지 말아야 합니다. 사람들은 위대한 영웅에게는 열광하지만 자신과 비슷한 평범한 인물에게는 공감이란 걸 하지요. 열광하는 독자를 갖는 것도 매력 있겠지만, 공감해주는 독자를 갖는 것도 작가로서 행복한 일 아니겠습니까.

문체는 작가의 모든 것이라는 말을 다시 한 번 강조하고 싶

작가의 인생 공부

습니다. 어떤 문체로 글을 쓸 것인가 고민이 된다면, 어떻게 살아갈 것인가 쪽으로 방향을 바꾸어 보았으면 좋겠습니다. 삶이 당당하면 글도 당당해질 수 있습니다. 훌륭한 문체라는 칭찬보다는 삶과 글이 똑같다는 평판을 듣고 싶습니다.

chapter 03

인생을 위한
글쓰기

반드시 끝낸다

마침표는 문장의 종결을 의미하는 부호입니다. 온점을 찍음으로써 하나의 문장이 끝났음을 나타냅니다.

같은 의미의 한자어로 종지부終止符라는 단어가 있는데, 흔히 '종지부를 찍다' 등으로 표현합니다.

다양한 문장 부호가 있습니다. 모두 필요에 의한 것들이지요. 마침표는 다릅니다. 마침표는 문장의 전부라 할 수 있습니다. 다른 문장 부호는 제대로 표기하지 않으면 의미가 약해지거나 연결이 어색하고 불편해지지만, 마침표를 찍지 않으면 문장 자체가 성립되지 않습니다.

시간이 흘렀다. 그녀가 떠났다. 나는 슬펐다.

위 문장에서 마침표를 모두 삭제하면 어떻게 될까요?

시간이 흘렀다 그녀가 떠났다 나는 슬펐다

책 한 권의 모든 문장이 저런 식으로 마침표 없이 적혀 있다고 가정해 봅시다. 제대로 읽기는커녕 한 페이지도 읽기 싫어질 겁니다. 어디서 어디까지 한 문장인지 명확하게 구분되어야 비로소 문단도 한 편의 글도 인식할 수 있겠지요.

스마트폰과 SNS 문화의 발달로 인해 마침표를 허투루 여기는 습성이 생겨났습니다. 문자 메시지나 카카오톡으로 대화를 주고받다 보면, 마침표를 찍지 않는 경우를 허다하게 볼 수 있습니다. 문자 메시지나 카카오톡은 마침표를 찍지 않아도 소통에 별 탈이 없지만, 그런 습성이 산문을 쓰는 데까지 영향을 미치는 것은 심각한 문제가 아닐 수 없습니다. 마침표는 인류의 약속입니다. 하나의 문장이 종결되었다는 신호입니다. 바로 이 마침표 덕분에 우리는 글을 읽고 문장을 해석할 수 있는 것이죠.

문장에서 마침표를 반드시 찍어야 하듯이, 무슨 일이든 끝내는 습관을 가져야 합니다. 오래 전 직장 생활을 할 때는, 이것저것 일을 벌여놓는 것을 좋아했습니다. 마치 제가 엄청나게 많은 일을 하는 것처럼 보이도록 말이죠. 무엇 하나 제대로 끝내는 것 없이 그저 많은 일을 하는 것처럼 보이는 것만으로 좋은 평가를 받을 수 있다고 믿었습니다. 일을 제대로 하기보다 평가 받고 인정받는 것을 더 중요하게 여겼던 탓입니다. 열심히 일한 것 같은데, 돌아보면 무엇을 했는지 결실을 찾아보기가 힘들었습니다. 일을 했으면 성과를 내고, 성과를 바탕으로 다음을 계획하고, 그래서 더욱 성장해야 하지요. 그런데 저는 매일 정신없이 바쁘면서도 늘 제자리걸음만 하는 것 같았습니다. 마침표를 확실히 찍지 않으니까 삶이 어중간하게 걸쳐져 있는 듯한 느낌으로 찝찝하게 살아갈 수밖에 없었습니다.

지금은 다릅니다. 사람은 동시에 두 가지 일을 할 수 없다는 사실을 매 순간 기억합니다. 게다가 저는 머리가 썩 좋은 편이 아니라서, 한꺼번에 두세 가지 일을 하면 한 가지도 제대로 못해낸다는 사실을 알게 되었지요. 크든 작든 일을 시작하면 끝을 냅니다. 잘하든 못하든 마무리합니다. 7년째 글쓰기·책쓰기 분야만 파고드는 것도 이런 이유에서일 테지요. 도전하고 싶은 분야가 생기면, 일단 결심하고 시작합니다. 무슨 일이 있어도 계속합니다. 그리고 끝냅니다. 남들이 어떻게 보든 상관하지 않습니다. 시작한 일을 끝내는 것. 오직 그것만이 제 삶을 바꿀 수 있는 유일한 방법이라고 확신했기 때문입니다.

글을 쓰는 것도 똑같습니다. 주제를 정하고, 주제를 뒷받침할 소재와 스토리를 결정하고, 집필을 시작합니다. 글을 써 본 경험이 부족한 사람은 자신이 쓰는 주제와 소재에 확신을 가지기 어렵습니다. 이게 과연 글이 될까? 이 글이 과연 책이 될 수 있을까? 끝도 없이 의구심을 갖게 되고, 그런 마음이 자신을 더욱 힘들게 만듭니다. 중요한 것은, 글이 될지 안 될지는 끝까지 써 봐야 알 수 있다는 사실입니다. 책으로 출간될 수 있을지 없을지는 원고가 완성되어야만 확인이 가능합니다. 세상 어느 작가가 자신의 원고가 책이 되고 베스트셀러가 될지 확신한 채 글을 쓰겠습니까. 그런 사람은 없습니다. 위대한 작가와 초보 작가의 가장 큰 차이는 바로 이것이지요. 끝까지 쓰는가, 아니면 중도에 포기하는가.

무엇이 됐든 일단 끝내라고 강조하면 사람들은 때로 이런 질문을 하기도 합니다. "만약 실패하면 어떻게 합니까?" 불안해하고 근심하는 마음은 충분히 이해합니다. 이왕이면 확실한 결과를 향해 나아가고 싶겠지요. 하지만 세상에 그런 일은 없습니다. 인생에서 확실한 것은 모든 것이 불확실하다는 사실 한 가지뿐입니다. 당연히 실패할 수 있지요. 생각한 대로 일이 풀리지 않을 수 있습니다. 열심히 글을 써서 끝냈지만 출판계약이 체결되지 않을 수도 있고요. 또 세상에 책이 나와도 독자들로부터 별 호응을 얻지 못할 수도 있습니다. 그러면 어떻습니까? 우리가 무슨 나쁜 짓을 한 건가요? 좋은 마음으로 최선을 다해 글을 썼지만 결과가 신통치 않으면, 다음 글을 쓰면 됩니다. 작가는 글 쓰는 사람이잖아요. 부족하고 모자란 글을 썼지만, 다음 글은 조금 더 나을 겁니다. 다음 책은 더 나을 테고요. 이름만 대면 알 만한 유명한 작가들, 모두 처음에는 어설프고 부족한 글을 썼습니다. 그들이 위대한 책을 쓸 수 있었던 것은 부족한 첫 책을 출간했기 때문입니다.

인생이 뭐냐고 묻는다면 이렇게 답하고 싶습니다. 시작한다, 계속한다, 그리고 끝낸다. 세상 모든 일을 이 공식에 대입하면 딱 맞아 떨어집니다. 우리, 그렇게 살아갑니다. 태어나고, 살아가고, 끝을 만나지요. 어떤 일이든 삶의 모습을 있는 그대로 본받으면 선택과 결정이 수월합니다.

잠시 멈춤의 필요성

쉼표는 문장을 쓰다가 쉬어 가기 위해 적절한 곳에 찍는 문장 부호…… 라고 쓰려다가 네이버 지식백과를 검색해 보았습니다. 문법에 대해 나름 공부를 많이 했다고 생각했던 저는, 문법적으로 쉼표를 사용하는 경우가 열여섯 가지나 있다는 사실에 놀라지 않을 수 없었지요. 문장이 좀 길면 중간에 쉼표를 찍는다는 정도로만 알고 있는 사람이라면, 이번 기회에 쉼표 사용법에 대해 한 번 정도 관심 갖고 읽어 보면 좋겠습니다. 네이버 또는 구글 검색창에 '쉼표'라고 치면 자세한 내용을 확인할 수 있으니, 여기에서는 세부적인 내용은 생략하도록 하겠습니다.

어떤 경우이든 쉼표는 말 그대로 쉬어 가라는 의미입니다. '예를 들어,'라고 쓰면, 한 호흡 쉬었다가 다음 내용을 읽으라는 뜻이지요. 쉼표에 따라 호흡을 조절하며 글을 읽어 보면, 글

읽는 맛이 전혀 다르게 느껴지기도 합니다. 특히 문학이나 에세이를 읽을 때, 빠르게 읽어내기보다는 천천히 호흡에까지 신경을 쓰면서 작가와 심리와 궁리까지 짚어 보면 한결 그 내용을 깊이 음미할 수 있습니다.

쉼표는 제가 좋아하는 문장 부호이기도 합니다. 일단 생긴 모양새가 귀엽고요. 영어에서는 아포스트로피로 쓰이기도 하고, 생각을 나타낼 때는 글자 위쪽에 붙어 작은따옴표가 되기도 합니다. 똑같은 모양인데 붙는 위치나 뒤집기로 다른 문장 부호가 되기도 하는 것이죠. 그 작은 부호 하나가 여기저기 굴러다니며 자신의 몫을 다한다는 생각에 이르면, 기특하기도 하고 예뻐 보이기도 합니다. 겉으로 보이는 이런 모습 외에, 제가 쉼표를 좋아하는 진짜 이유는 따로 있습니다.

직장 생활로 사회 첫발을 내디뎠습니다. 10년간 회사에 다녔지요. 신입사원 시절부터 돈 많이 벌어 부자가 되고 싶다는 생각을 했습니다. 아시다시피, 직장인은 월급이 정해져 있잖아요. 아무리 열심히 일을 해도 수입은 매달 똑같았습니다. 그래서, 돈을 벌기보다는 승진을 해서 높은 지위에 빨리 올라야겠다고 결심하게 되었습니다. 현실은 녹록지 않았습니다. 젊은 사원이 열심히 일해서 능력을 인정받고 초고속 승진을 한다는 얘기는 드라마나 영화에서나 볼 수 있는 일이었지요. 실제로는 아무리 노력해도 제때에 승진하기조차 벅찼습니다. 죽기 살기로 일했거든요. 제일 먼저 출근하고, 가장 늦게 퇴근했습니다. 부서 이동을 할 때마다 해당 부서 출입문 여는 방법과 시스템 잠그는 법부터 익힐 정도였으니까요. 배꼽 부위가 가렵고 아파서 옷을 들춰봤더니 시뻘건 반점이 수두룩하게 돋아 있더군요. 병원에 가니 의사가 대상포진이라며 심각하다고 했습니다. 서른 초반에 일 열심히 하다가 대상포진에 걸렸으니 얼마나 지독하게 살았는지 짐작이 되실 겁니다. 오해의 소지가 있을 것 같아 미리 말씀드립니다. 저는 지금 제가 열심히 살았던 이야기를 자랑삼아 늘어놓는 것이 아닙니다. 오히려 그 반대입니다. 어리석게 살았던 시절을 후회하는 마음으로 이 글을 쓰고 있습니다. 주말도 없었습니다. 가족도 챙기지 않았습니다. 그저 죽도록 일만 했지요. 상사나 주변 동료들로부터 인정받고 칭찬 받으면 그것으로 충분했습니다. 제가 살아가는 이유는, 오직 성과와 인정뿐이었습니다.

그런 삶이 왜 최악인가 하면요. 끝이 없기 때문입니다. 성과 하나를 내고 나면 다음 성과를 향해 달려야 했습니다. 열 번 인정받아도 한 번 실수하면 그걸로 끝이었습니다. 그러니 숨을 쉴 수조차 없었지요. 언젠가 끝이 날 거라는 막연한 생각으로 하루하루 죽을힘을 다해 달리기만 했습니다. 제 삶에는 쉼표가 전혀 없었습니다.

회사를 그만두고 사업을 시작했습니다. 경험도 부족하고 전략도 없는 상황에서 돈 욕심만 낳았지요. 결국 저는 무너졌고, 그동안 쌓아올린 모든 것을 잃은 채 감옥에 가게 되었습니다. 이야기는 여기서부터 시작입니다. 난생 처음 생각이라는 것을 깊게 할 수 있었습니다. 제 자신을, 제 삶을, 제 태도를 돌아보게 되었지요. 어떻게 사는 것이 바람직한 자세인가 찾고 공부하고 고민했습니다. 책 읽고 글 쓰면서 지난 삶이 참 어리석고 불안했다는 사실을 깨달을 수 있었습니다. 두 번 다시 그렇게 살지는 않겠다고 다짐했지요. 저는, 모든 것을 잃고 감옥이라는 곳에 가서야 비로소 쉼표를 찍을 수 있었던 겁니다.

열심히 살아가는 이들에게 잘못되었다는 말을 하고 싶지는 않습니다. 저도 치열한 삶을 동경하고 추구합니다. 다만, 언제 어디서 어떤 삶을 살아가든 반드시 쉼표를 잊지 말아야 한다는 사실을 전하고 싶습니다. 휴식이라고 해서 꼭 '모히또 가서 몰디브 한 잔' 해야 하는 건 아닙니다. 리모컨 손에 쥐고 소파에 드러누워 늘어지게 한숨 자는 것만 쉼이 아니지요. 마음의 여유가 필요하다는 말입니다. 생각을 손에 쥐고 살아야 한다는 뜻입니다. 몸을 부지런히 움직이며 열심히 바쁘게 살면서도, 생각을 놓쳐서는 안 됩니다. 내가 지금 어디를 향해 나아가고 있는가, 어떤 가치관으로 살고 있는가, 무엇을 위해 살아내고 있는가, 누구를 위해 어떤 공헌을 할 것인가, 나의 존재 가치는 무엇인가…… 저는 하루 네 시간 잠을 잡니다. 10년째 네 시간 수면, 하루 스무 시간을 치열하게 살고 있습니다. 그럼에도 예전과는 전혀 다른 평온함과 여유를 잃지 않습니다. 매 순간 저와 제 인생을 생각하기 때문입니다.

때로 이런 마음가짐을 이기주의와 착각하는 사람도 있는데요. 전혀 다릅니다. '나'를 생각하는 마음이 곧 타인을 위한 기본임을 잊지 말아야 합니다. 자신의 삶을 소중히 여기는 사람만이 타인의 삶을 존중할 수 있지요. 내가 내 자리에서 최선을 다해 살아가듯이, 다른 사람들도 각자의 위치에서 나름의 최선을 다하고 있다는 사실을 인정할 때 비로소 마음이 열리는 것 아니겠습니까.

물살에 휩쓸려 떠내려가는 것과 최선을 다해 헤엄치고 있는 것을 구분할 줄 알아야 합니다. 어디를 향해 가고 있습니까? 무엇을 위해 달리고 있습니까? 정답은 없겠지만, 적어도 이런 생각을 하루 한 번은 해야 합니다. 남부러울 것 없이 모든 걸 다 이룬 것처럼 보이는 사람들이 한순간에 무너지는 이유는, 결국 자신과 인생을 돌보지 않은 탓이지요. 쉼표를 찍지 않아 숨이 막힌 겁니다. 문장을 쓸 때 제 위치에 쉼표를 찍어야 온전한 글이 되듯이, 잘 살기 위해서는 인생 매 순간에 쉼표를 찍을 수 있어야 하겠습니다.

작가의 인생 공부

침묵과 여백의 가치

말줄임표는 할 말을 줄였을 때나 말이 없음을 나타낼 때 쓰는 온점 여섯 개짜리 문장 부호입니다. 문장이나 글의 일부를 생략할 때, 혹은 머뭇거림을 나타낼 때에도 사용합니다. "엄마, 나 용돈이 떨어졌는데……" 식으로 표현하지요. 용돈을 더 달라고 말하고 싶지만 혼날까 봐 차마 입이 떨어지지 않는다는 의미가 포함되어 있습니다. 친구들이 옆에서 부르는데도 아무 말 없이 멍하니 하늘만 쳐다보고 있을 때 "……"라고 말이 없음을 나타내기도 합니다.

엄연한 문장 부호이고 써야 할 때가 명확하게 정해져 있지만, 문자 메시지나 카카오톡을 사용하는 탓에 오용되는 경우도 많습니다. 말줄임표가 아니라 '막줄임표'가 되기도 합니다. 말을 끝까지 하지 않고 간단하게 줄여 쓰는 것이죠. 이런 습관이 산문을 쓰는 데에까지 이어지면 곤란합니다. 문장 부호는 세상의 약속입니다. 원칙과 기준에 따라 정확하게 배우고 활용해야겠습니다.

인생에서는 말줄임표를 많이 썼으면 좋겠습니다. 저는 말이 많은 사람을 싫어합니다. 하지 않아도 될 말을 굳이 하는 바람에 분위기를 망치고 타인에게 실례를 하는 경우가 많지요. 그런 사람한테 말을 좀 줄이라고 하면 화를 냅니다. 자신이 쓸데없는 말을 많이 한다는 사실을 전혀 인식하지 못하기 때문입니다. 어딜 가나 말 많은 사람은 있게 마련인데요. 사교적이고 친화적이라는 그럴 듯한 평가 때문인지, 쉴 새 없이 말을 하는 통에 귀가 다 아플 지경입니다.

말이 많은 사람을 보면 만만하다는 생각이 듭니다. 흔히 말 많은 사람은 자기 안에 간직하고 있는 것들보다 더 많이 보이기 위해 애를 쓰는 존재들이거든요. 그러니까, 쏟아내는 말이 전부라고 믿어도 됩니다. 적어도 저는 그렇게 생각합니다. 반면, 입이 무거운 사람은 신뢰가 갑니다. 그 속에 무엇이 얼마나 담겨 있는지 짐작할 수 없기 때문입니다. 내 이야기를 해도 함부로 소문낼 것 같지도 않고, 촐싹거리며 받아치지 않기 때문에 대화하기도 편안합니다. 물론 저의 이런 생각은 분위기에 따라 조금은 차이가 있습니다. 놀자고 모인 자리에서 입을 꾹 다물고 있으면 마치 화가 난 사람처럼 보이기도 합니다. 회의할 때도 아무 말 없이 듣기만 하는 사람은 밉상이기도 합니다.

필요할 때 할 말은 해야겠지요. 시도 때도 없이 수다를 떠는 것은 삼가는 것이 마땅하고, 자신의 의견과 주장을 펼쳐야 할 때는 당당하고 조리 있게 표현하는 것이 바람직합니다. 결국 말을 하는 것도 배우고 연습해야 한다는 결론에 이르게 되네요.

일상에서 말줄임표가 필요한 경우가 몇 가지 더 있습니다.

첫째, 뒤에서 남의 험담을 할 때입니다. 혹시 그런 자리에 함께 있다면, 최대한 입을 다물고 말을 줄여야 합니다. 가능하다면 그 자리를 빨리 피하는 것이 좋고요. 남의 험담을 하는 것도 문제입니다만, 그런 험담을 듣고 있는 것도 기 빨리는 일이거든요. 어떤 핑계를 대서라도 그 자리를 피해야 합니다. 남의 험담을 주고받는 사람 중에 성공하거나 잘 됐다는 얘기 들어 본 적 없습니다.

둘째, 온라인상에서도 말을 줄여야 합니다. 악성 댓글이죠. 말을 줄이는 게 아니라, 아예 말을 없애야 합니다. 익명이라는 조건 뒤에 숨어서 온갖 욕설과 비난을 퍼붓는 인간들은 어디에도 비교할 수 없을 만큼 최악의 존재들입니다. 정치권에서는 말할 것도 없고요. 연예인을 향해서도 자기 마음에 들지 않는다는 이유로 마구 힐난하는 사람이 적지 않은데요. 심각한 문제입니다. 저는 감히 말씀드립니다. 만약 우리나라가 큰 위기를 맞게 된다면, 그것은 악성 댓글을 쓰는 사람들 때문이라고 말이죠. 농담으로라도 남을 비난해서는 안 됩니다. 우리에겐 그럴 자격이 없습니다. 응원해주고 격려해주고 위로해주어야 합니다. 얼마나 살기 힘든 세상입니까. 각자의 자리에서 나름의 최선을 다 하고 있습니다. 열심히 살아도 쉽지 않은 세상인데, 왜 자꾸 나쁜 말을 퍼붓는 것일까요. 사랑을 받지 못해서 그렇습니다. 사실은 불쌍한 사람들이죠. 지금부터라도 악성 댓글은 쓰지 맙시다. 자기 입에서 나온 말의 몇 배를 돌려받는다는 법칙이 있습니다. 좋은 말을 하면 열 배 좋은 말을 듣게 되고, 나쁜 말을 하면 백 배 나쁜 말을 돌려받습니다.

셋째, 어설픈 참견은 삼가야 합니다. 조언하는 걸 좋아하는 사람이 있거든요. 문제는, 상대가 아무런 요청을 하지 않았음에도 자꾸만 조언을 하는 것이죠. 이런 건 조언이 아니라 오지랖입니다. 누군가 조언을 요청한다면, 진심 다해 자기 생각을 전하는 것이 마땅합니다. 하지만, 도움을 요청하지도 않았는데 자꾸 간섭하면 그것도 스트레스입니다. 진정한 친구이기 때문에 조언한다고 말하는 사람도 있는데요. 글쎄요. 진정한 친구라면 쓸데없는 조언을 하기보다는 같이 아파해주고 함께 기뻐해주는 게 낫지 않을까요. 당사자 못지않게 충분히 고민하고 생각한 끝에 내린 결론이라면 모를까, 순간적인 판단으로 툭 내뱉는 조언은 조언으로서의 가치도 별로 없을 것 같습니다.

부모님의 인생, 그리고 저의 삶. 돌이켜보면 대부분 큰 문제는 말에서 비롯되었습니다. 하지 않아도 될 말을 해서 친척 간 사이가 틀어지기도 했고, 같은 말이라도 표현을 잘못해서 오해를 낳기도 했지요. 친구와 다툰 것도 말 때문이었고, 밤잠 이루지 못하며 속상해했던 것도 누군가의 말 때문이었습니다. 자기 PR시대, 온라인 시대, 광고와 소통의 시대이다 보니, 날이 갈수록 말이 많아지는 듯합니다. 종일 귓가에 들려오는 수많은 말들 중에서 정작 내 삶에 도움이 되고 깨달음으로 이어지는 말은 몇 가지나 될까요. 소음입니다. 소란입니다. 말을 줄이고, 마음을 전해야 할 때입니다.

경이로운 세상

느낌표는 강조를 나타내고자 하는 대상의 뒤에 쓰이는 문장 부호입니다. 감탄문이나 감탄사의 끝에 혹은 특별히 강한 느낌을 나타낼 때 사용합니다. 물음의 말로 놀람이나 항의의 뜻을 나타낼 때, 감정을 넣어 대답할 때, 다른 사람을 부를 때에도 표기합니다. 뭔가 '강하다'는 느낌을 주기도 하고, '대단하고 놀랍다'는 인상을 주기도 하는 부호입니다. "우와!"라고 짧게 쓰기만 해도 거기에 어떤 감정이 들어가 있는지 알아차릴 수 있을 정도이지요. "철수야, 밥 먹어."라는 문장과 "철수야! 밥 먹어!"라는 문장은 문장 부호만 바뀌었을 뿐인데도 그 느낌이 전혀 다릅니다.

제 주변에는 평소에 느낌표를 자주 많이 쓰는 사람이 있습니다. 우와! 대단해! 멋지다! 등의 말을 입에 달고 삽니다. 저는 그림을 잘 못 그립니다만, 그들의 얼굴을 그릴 기회가 있다면 다른 건 몰라도 눈은 제대로 그릴 자신 있습니다. 아주 동그랗고 크게 그리면 될 테니까요. 그들과 함께 있으면 마치 제가 대단한 사람이 된 것 같은 기분이 듭니다. 늘 칭찬과 인정을 받는 느낌이라서, 뭔가 하나라도 더 해주고 싶은 생각이 들기도 하고요. 감탄은 상대를 기분 좋게 만들고 마음의 벽을 허물도록 해줍니다.

특히, 글을 쓰는 사람에게는 느낌표가 대단히 중요합니다. 쓸 거리가 없다는 말을 자주 듣습니다. 그런 사람들은 실제로 쓸 거리가 없는 게 아니라, 주변 모든 사람과 사물을 대수롭지 않게 보는 경향이 있다는 사실을 알아야 합니다. 대화를 주고받을 사람이 한 명도 없다고 상상해 보면, 곁에 있는 사람이 얼마나 소중한지 깨달을 수 있지요. 지금 사용하고 있는 별것 아닌 물건들이 모두 동시에 사라진다면 얼마나 불편하겠습니까. 사실은 모두 기적이거든요. 존재하지 않던 물건이고, 존재하지 않던 사람들입니다. 늘 함께한다는 이유로 소홀하게 여기게 된 것뿐입니다. 지금부터라도 한 사람 한 사람, 하나하나에 관심을 갖고 소중한 마음으로 바라보면 놀랍지 않은 것이 없다는 사실을 알게 될 겁니다.

감옥에는 없는 게 많습니다. 아니, 있는 게 별로 없지요. 삼

복더위에 얼음물 한 잔 마실 수 없습니다. 늘 미지근한 물을 마셔야 합니다. 펄펄 끓는 물도 없습니다. 컵라면도 미지근한 물에 불려 먹어야 합니다. 커피는 잘 녹지도 않고요. 스마트폰은 당연히 없고, 컴퓨터나 노트북을 사용할 수도 없습니다. 볼펜과 노트도 질이 좋지 않은 것뿐입니다. 사람이 그리워 미칠 지경이지요. 그런 곳에서 살았습니다. 양반다리로 앉아서 방바닥에 얼굴을 처박고 글을 썼습니다. 밥상이라도 하나 있으면 소원이 없겠다 싶었지요.

출소 후, 편의점에 들러 시원한 물을 한 통 샀습니다. 감탄사가 절로 나오더군요. 터미널까지 걸어가면서 숨을 얼마나 크게 들이마셨는지 코가 다 아플 지경이었습니다. 공기가 달랐으니까요. 맨 먼저 들어간 식당이 순대국밥 집이었습니다. 뚝배기에 펄펄 끓는 채로 나온 국밥을 한 숟가락 입에 넣는데 눈물이 핑 돌았습니다. 일 년 육 개월 만에 '뜨거운' 음식을 먹었습니다. 버스를 탔을 땐 잠도 오지 않았습니다. 창밖으로 다양한 풍경이 스쳐 지나는 걸 한참이나 바라보았습니다. 입을 떡 벌린 채로 말이죠. 맨날 똑같은 풍경만 보다가 세상이 이토록 다채로운 곳이었나 싶어서 계속 감탄하고 감동했습니다.

그런데, 저의 이런 감탄과 감동이 얼마나 이어졌을까요? 네, 맞습니다. 일주일을 넘기지 못했습니다. 당장 먹고 살 일이 걱정이었거든요. 다섯 식구 생계를 책임져야 하는데, 할 수 있는 일이 없었습니다. 감탄과 감동이 아니라 한숨만 나왔습니다.

이것이 바로 우리네 삶입니다. 세상은 원래 감탄하고 감동할 것들로 가득하지만, 당장 먹고 살기에 바빠서 느낌표를 지우고 사는 것이지요. 주어와 서술어와 목적어와 마침표와 쉼표만 갖고 허덕이며 살기엔, 인생이라는 문장이 너무도 삭막했습니다. 무슨 일이 있어도 글은 계속 쓰겠다고 다짐했습니다. 매일 글을 쓰려면 글감을 찾아야 했고, 글감을 찾을 수 있는 가장 좋은 방법은 일상에 관심을 갖는 것이지요. '노가다판'에서 삽질을 하면서도 뭔가 쓸 게 없나 두리번거렸습니다. 덕분에 저는, 오래지 않아 다시 느낌표를 찾을 수 있었습니다.

공사판에서 일하는 사람들의 손놀림이 얼마나 빠르고 정확한지 본 적 있습니까? 혀를 내두를 정도입니다. 체구가 작은 사람이 시멘트 포대를 두 개씩 등에 지고 계단을 올라가는 모습도 감동이고요. 울퉁불퉁한 바닥을 끌개와 빗자루만으로 평평하게 만드는 모습은 가히 예술의 경지입니다. 막노동 현장에서는 두 손으로 못할 것이 없다는 사실을 그 때 알았습니다. 싫다, 못하겠다, 어렵다, 이런 말은 아무도 하지 않습니다. 해야 하는 일이면 그냥 합니다. 그것도 완벽하게 합니다. 매일 그런 모습을 보고 있으니 감탄하고 감동하지 않을 수가 없었겠지요.

어린아이들은 비가 오면 소리를 지릅니다. 그러면서 빗속으로 마구 뛰어가 소리를 지르고, 하늘을 향해 입을 벌립니다. 우리 어른들은 어떻습니까. 우산을 손에 들고, 옷이 물에 젖을까 노심초사하면서, 왜 이렇게 비가 많이 오냐며 짜증을 부립니다. 우리, 원래 이러지 않았거든요. 좋아하고 소리 지르고 놀라고 웃었습니다. 와! 우와! 대단해! 멋져! 근사해! 신난다! 예쁘다! 놀라워! 최고야! 쉴 새 없이 느낌표를 남발하며 세상의 신비와 축복에 눈과 귀를 활짝 열고 살았던 어린 시절이 우리 모두에게도 있었습니다.

세상이 변해갈수록 인생은 더 무거워지고 삶은 더 팍팍해질 겁니다. 견디고 버텨야 합니다. 세상이 여전히 살 만하다는 사실을 기억해야 합니다. 그렇게 하려면, 가장 먼저 느낌표부터 찾아야 하고요. 감탄하고 감동하는 순간이 많아질수록 더 행복해집니다. 꼭꼭 묻어두었던 경이로운 감정을 꺼내야 할 때입니다.

좋은 질문이 좋은 대답을 만든다

물음표는 의문, 불확실함, 의심 등을 나타낼 때 사용하는 문장 부호입니다. 적절한 말을 쓰기 어려울 때, 빈정거림을 표시할 때, 모르거나 불확실한 내용임을 나타낼 때에도 물음표를 씁니다. 종결어미 'ㄹ까' 다음에 표기하는 것이 원칙이나, 예외도 있습니다. 한글 맞춤법에는 '의문형 어미로 끝나는 문장이라도 의문의 정도가 약할 때에는 물음표 대신 온점(또는 고리점)을 쓸 수도 있다.'라고 규정되어 있습니다. "돌이킬 수 없는 과거라면 인정하고 받아들여야 하지 않을까."라는 문장에서, 종결어미 'ㄹ까'로 끝나긴 했지만 그 의미가 강한 의문이라기보다 이미 알고 있는 사실의 확신 쪽에 가깝기 때문에 물음표가 아닌 온점을 쓸 수 있다는 뜻입니다.

문장부호에 물음표가 있어서 참 다행이란 생각이 듭니다. 사람은 불완전한 존재입니다. 모든 내용을 확신하고 단언할 수는 없겠지요. 물음표 덕분에 세상을 향해 질문을 던지는 글을 쓸 수도 있고, 그 물음을 받은 독자도 생각할 시간을 가질 수 있습니다.

2010년 9월, G20 서울 정상회의 폐막식에서 버락 오바마 미국 대통령이 폐막 연설 직후 기자들과 질의응답 시간을 가졌습니다. 오바마는 개최국의 역할을 멋지게 해냈다는 이유로 한국 기자들에게 먼저 질문할 기회를 주겠다고 했습니다. 순간, 회의장은 정적에 휩싸였고 어색함을 깨기 위해 오바마는 한 마디를 더 하게 됩니다.

"한국어로 질문하면 아마도 통역이 필요할 겁니다. 사실 통역이 꼭 필요할 겁니다."

결론부터 말하자면, 그날 우리나라 기자들은 단 한 명도 오바마 전 미국 대통령에게 질문을 하지 않았습니다. 못한 건지 안한 건지 모르겠지만, 아무튼 아무도 하지 않았습니다. 그 틈을 타 중국 CCTV 기자 루이청강이 질문했지요. 후에 한국 기자들은 이렇게 말했다고 합니다. 질문을 하려고 생각하는 중에 중국 기자가 끼어들었다……

소크라테스는 "인간이 지닌 최고의 탁월함은 자기 자신과 타인에게 질문하는 능력이다."라고 했습니다. 아인슈타인은

"죽을 위기에 처했을 때 목숨을 구할 기회가 한 시간 주어진다면, 그 중 55분은 올바른 질문을 찾는 데 쓰겠다."고 말할 정도였습니다. 베이컨의 말도 가슴에 남습니다. "질문으로 파고든 사람은 이미 그 문제의 해답을 반쯤 얻은 것과 같다."

이토록 질문이 중요한데도, 우리는 왜 질문하지 않는 걸까요? 아니, 왜 질문하지 못하는 것일까요? 질문을 하라고 하면 입을 굳게 다물어버리는 이유가 대체 무엇일까요? 전문가들도 이에 대해 많은 답을 하겠습니다만, 제 개인적인 의견을 적어 보고자 합니다.

첫째, 우리는 정답을 찾는 데에만 익숙하기 때문입니다. 초등학교 때부터 네 개 또는 다섯 개의 번호를 놓고 정답을 고르는 시험을 치렀지요. 그 시험으로 우리는 칭찬도 받고 야단도 맞았습니다. 그 시험으로 나의 모든 것을 평가 받았습니다. 그 시험으로 대학을 결정하고, 그 시험으로 인생을 결정했습니다. 정답을 고르는 것이 인생 최대의 선택이었으니 질문할 틈이 전혀 없었던 겁니다. 학창시절, 친구들 사이에는 "저 선생은 질문하면 화낸다."는 말이 공공연하게 유행했고, "마칠 때 질문하면 죽는다!"는 협박(?)을 하는 친구도 많을 정도였습니다. 질문 자체를 유쾌하게 생각하지 않는 분위기에서 무려 12년 동안 교육을 받았으니 입이 열리지 않는 게 당연하지 않을까요.

둘째, 질문을 하고 답변을 듣는 것보다 '내가 이런 질문을 하면 다른 사람들이 나를 어떻게 생각할까?'라는 점에 더 신경을 쓰기 때문입니다. 웃음거리가 될까 봐, 조롱거리가 될까 봐 두렵고 불안해서 눈치만 살피는 겁니다. 차라리 입을 다물고 있으면 본전이라도 찾는다는 생각에 입안에서 웅얼거리는 질문조차 삼켜버리고 맙니다.

셋째, 사회 분위기를 크게 두 가지 부류로만 생각하는 경향 때문입니다. 좋은 게 좋은 거라는 분위기. 그리고 공격과 방어 분위기. 좋은 게 좋은 거라는 분위기는 자신의 의견이나 주장 따위를 내세우지 않습니다. 그저 모든 것을 다 좋게만 보고 넘어가려 하지요. 공격과 방어 분위기는 더 심각합니다. 내가 좋아하는 사람의 의견이나 주장은 무조건 좋다고 하고, 내가 싫어하는 사람의 의견이나 주장은 무조건 잘못되었다고 합니다. 서로의 의견과 주장을 주고받으며 사고의 폭을 확장하고, 더 나은 결론에 이르기 위해 깊이 생각하는 분위기를 낯설게 느끼는 것이죠. 화기애애 아니면 싸움. 이렇게 극단의 분위기에 젖어 있으니 눈치만 살피게 됩니다. 초등학교 1학년 때 배운 《바른생활》이라는 교과목 탓이라 생각합니다. 하고 싶은 말이 있어도 분위기 봐서 꾹 참으라 하고, 나쁜 놈은 무조건 벌받아야 한다고만 배웠지요. 그러니 소통이나 공감을 체득할 기회가 없었던 겁니다.

글을 쓰고 책을 읽으면서 생각이란 걸 하게 되었습니다. 나는 왜 글을 쓰는가, 나는 왜 책을 읽는가에서 시작되었습니다. 나는 왜 사는가? 내게 소중한 것은 무엇인가? 나는 어떤 삶을 지향하는가? 나는 어떤 존재인가? 어떤 존재로 기억되고 싶은가? 삶의 의미는 무엇인가? 오늘은 어떤 하루인가? 나는 무엇을 했고, 그것이 누군가에게 도움이 되었는가? 다양한 질문을 던집니다. 답을 찾을 수 없었습니다. 답을 찾기 힘들었습니다. 그래도 아무 상관없었지요. 질문을 던지고 생각하는 시간을 갖는 동안 이미 저는 예전보다 성숙할 수 있었고, 한편으로는 '나'라는 존재가 참 부족하고 불완전하다는 생각도 함께하게 되었습니다.

좋은 질문이 좋은 삶을 만듭니다. 제대로 된 질문 하나가 책 한 권보다 나을 때도 있습니다. 질문하고 생각하는 시간을 갖는다면, 차라리 글 따위 쓰지 않아도 된다고 확신합니다. 독서와 글쓰기는 더 나은 삶을 위한 도구일 뿐이지요. 무서운 속도로 변화하는 세상입니다. 잠시 한눈을 팔면 정신을 차릴 수 없을 정도입니다. 이런 세상에서 가장 필요한 것은 멈춤입니다. 질문은, 우리를 멈추게 합니다. 똑바로 보게 합니다. 생각하고 판단하고 선택하고 결정하게 만듭니다. 내 자신에게, 그리고 세상을 향해, 오늘은 어떤 물음표를 던져 볼까요?

대화의 품격

일반적으로 큰 따옴표의 활용은 세 가지로 구분할 수 있습니다.

첫째, 직접 대화를 표시하는 직접화법에 사용합니다. 아래 예시1처럼 쓸 수 있습니다.

둘째, 말이나 글을 직접 인용할 때 씁니다. 아래 예시2를 참고하면 되겠습니다.

끝으로, 때에 따라 겹낫표(『』)나 겹화살괄호(《》)를 대신하기도 합니다. 아래 예시3처럼 말이죠.

예시1 "은대야, 물 좀 가져와라."

예시2 아버지는 "은대야, 물 좀 가져와라."라고 말씀하셨다.

예시3 이은대의 "내가 글을 쓰는 이유"를 참고하였다.

글을 쓸 때 대화체를 활용하면 독자로 하여금 가독성을 좋게 하고 이해를 돕는 장점이 있습니다. '이마의 주름살을 찌푸리며 온몸에 힘이 빠진 듯 길게 한숨을 내쉬었다'라고 써도 되지만, "휴우……."라고만 써도 충분히 그 의미를 이해할 수가 있습니다. 한 마디의 대사로 분위기를 짐작할 수 있음은 물론이고, 생생한 현장감까지 전할 수 있겠지요.

주의해야 할 점은, 대화체라고 해서 온갖 쓸데없는 말을 전부 다 써 넣을 필요는 없다는 사실입니다. 주제에 해당되는 주요 부분만 따로 발췌하여 독자가 알아보기 쉽도록 쓰는 것도 글 쓰는 방법 중 하나입니다.

글을 쓸 때는 대화체라는 것이 별도로 정해져 있지만, 일상생활에서는 모든 말이 곧 대화체입니다. 그만큼 말은 중요합니다. 사람은 말로 인해 상처를 받기도 하고 말을 통해 다시 살아갈 용기를 얻기도 합니다. 말은 힘을 가지고 있습니다. 신중해야 합니다. 그럼에도 요즘은 말을 함부로 하거나, 말 몇 마디를 소홀히 여기는 경우가 많습니다.

저는 온라인 강의를 시작할 때, 반드시 화면을 켜달라고 요구합니다. 기본이고 예의라 생각하기 때문입니다. 얼마 전, 강의 시작 전에 화면을 꼭 켜달라고 했더니 누군가가 채팅창에 이렇게 남기더군요. "화면을 켜지 않으면 강의를 못 듣는다니 어이가 없네." 그러고는 온라인 강의장을 나가버렸습니다. 온라인 강의를 들을 때는 화면을 꺼도 된다는 생각을 당연하게 하는 것이죠. 좋은 게 좋다는 생각으로 그냥 넘어갈 수도 있는 문제일까요? 저는 결코 그렇게 생각하지 않습니다. 건물이 무너지는 이유는 지극히 사소한 것들을 제대로 챙기지 않기 때문입니다. 등산하다가 바위에 깔려 다치는 경우는 거의 없지요. 늘 작은 돌부리 하나에 걸려 발목을 삐거나 넘어져 다칩니다. 온라인 강의장을 나간 사람의 생각이나 태도도 문제지만, 채팅창에 툭 던진 "어이가 없네"라는 말이 가장 심각한 잘못입니다. 자기는 나가버리면 그만이지만, 남아 있는 사람들은 얼마나 불편하겠습니까. 한 마디의 말로 다른 사람들을 불편하게 하고, 또 자신도 그리 마음 편하지는 않았을 테니 모두에게 이롭지 않은 결과를 초래한 겁니다.

또 한 번은 이런 일도 있었습니다. 많은 사람들로부터 존경을 받는 지명도 높은 강사가 있습니다. 저와는 개인적인 인연이 전혀 없는 사람입니다. 주변 사람들이 워낙 추천을 많이 하고, 온라인상에서 그의 평가도 썩 괜찮아서 어떤 사람인가 호기심이 생겼지요. 나도 그 사람에게 뭔가 배울 점이 있겠다 싶어 전화번호를 수소문했습니다. 적당한 시간을 골라 전화를 걸었습니다. 아직 대면한 적도 없는 분이라 당연히 정중하게 통화했습니다. "안녕하십니까. 처음 인사드립니다. 저는 이은대라고 합니다." 아직 말이 다 끝나지도 않았는데 조짐이 심상치 않았습니다. "네? 누구라고요?" 예상과 달리 목소리가 거칠고 불친절하다는 느낌이 강하게 들었습니다. 다시 한 번 정중하게 인사를 드렸지요. "네, 저는 이.은.대라고 합니다. 주변 누구누구를 통해 교수님에 관한 말씀을 많이 듣고 저도 배움을 청할까 싶어 전화 드렸습니다." 다음에 이어지는 그의 한 마디는 가관이었습니다.

"지금 바빠요! 문자로 하세요, 문자로!"

그러고는 전화가 일방적으로 뚝 끊어지고 말았지요. 저는 휴대전화를 손에 든 채 잠시 동안 멍하게 서 있었습니다. 그토록 많은 사람이 추천하고, 존경한다고 했던 인물이 맞나 싶을 정도로 형편없는 모습이었습니다. 불과 몇 마디뿐이었지만, 그의 됨됨이를 파악하기에는 충분했지요. 수강료를 지불하고 정식으로 등록한 사람들한테만 친절한 인물이었습니다. 상대할 가치가 없다고 판단했지요.

이처럼 말은 그 사람의 품격을 나타냅니다. 한두 사람 소홀히 대해도 자기 인생에 별 문제 없다고 여기는 습관. 바로 이것이 결국 치명타가 되어 돌아올 겁니다. 그렇다면 저는 어떨까요? 저는 어떻게 말을 하고, 주로 어떤 말을 사용할까요? 화살표를 제 자신에게 돌리자, 저절로 고개가 숙여지고 얼굴이 시뻘겋게 달아올랐습니다.

저는 말이 상당히 거칩니다. 고함도 자주 지릅니다. 변명처럼 들릴지도 모르겠지만, 저는 지금까지 단 한 번도 수강생이 싫거나 미워서 화를 낸 적은 없습니다. 고정관념이나 사고방식은 쉽게 바뀌지 않거든요. 나긋나긋하게 말을 해서는 쿵 하는 충격파를 전할 수가 없다고 생각했습니다. 정신이 번쩍 들 정도로 팩트 폭격을 해야만 각성이 일어난다고 믿었습니다. 그러다보니, 상처가 되고 아픔이 되는 말을 많이 하게 된 것이죠. 그러나, 제가 미처 생각지 못한 부분이 있었습니다. 사람마다 성향이 다르고 기질이 다르다는 사실입니다. 제가 거칠게 표현하고 소리를 크게 질러도 웃으며 넘기고 수긍하는 사람이 있는가 하면, 깜짝 놀라고 긴장을 해서 멘탈이 무너지는 사람도 많다는 사실을 헤아리지 못했던 겁니다.

말은 곧 품격이라 했습니다. 저는 상대를 위한다는 핑계로 제 자신의 품격을 형편없이 떨어뜨리는 결과를 초래했습니다. 무엇보다 제 말에 상처를 입고 아파한 이들에게 진심으로 미안한 마음입니다. 지면을 빌려 깊이 사과드리고 싶습니다. 죄

송합니다.

인생에서 일어나는 문제의 원인 대부분이 말이라는 점을 고려할 때, 우리는 생각보다 말의 중요성을 인식하지 못한 채 살아가고 있습니다. 심각하게 받아들여야 합니다. 말이 전부입니다. 오죽하면 말 한 마디로 천 냥 빚을 갚는다는 속담까지 생겨났겠습니까. 말에 신중을 기울이면 삶의 속도까지 조절할 수 있습니다. 너무 급하게 말하고 너무 대충 흘려듣는 습성이 소통의 결여를 초래하는 것이지요. 공감의 부재를 가져옵니다. 오해와 갈등을 빚어냅니다. 말 좀 예쁘게 해야겠습니다. 저부터 실천해 보겠습니다. 따뜻하게. 친절하고 우호적으로. 나긋나긋하게. 용기와 격려를 줄 수 있도록. 노력을 게을리 하지 않겠습니다. 제 이름으로 된 책에다 이렇게 쓰고 독자들을 향해 약속했으니 꼭 지켜야겠지요.

유인력의 법칙

작은따옴표는 주로 마음속으로 한 말이나 생각 따위를 나타낼 때 쓰는 문장 부호입니다. '저 사람은 왜 굳이 저렇게 말을 할까.'라는 식으로 사용합니다. 인용하는 말 안에 다시 인용할 때도 작은따옴표를 씁니다. "철수는 '시인 한용운'에 관해 발표했어."라고 쓸 수 있지요. 강조를 나타낼 때도 사용합니다. 내가 가장 소중히 여기는 것은 바로 '글쓰기'다. 이 문장에서, 글쓰기라는 말을 강조하기 위해 작은따옴표를 표기한 것이죠. 작은따옴표는 생각을 나타내는 문장부호라는 점만 보아도 유용합니다. 작은따옴표 없이 그냥 쓰면, 이것이 생각인지 말인지 그냥 설명문인지 분간하기 힘들지요. 이 작은 꼬리점 하나가 인류의 약속이라니, 문장 부호의 소중함을 새삼 느낍니다.

생각이라는 것에 대해 이야기하고자 합니다. 사람은 생각하는 동물입니다. 인간 외에는 생각이라는 걸 할 수 있는 동물이 없습니다. 인간이 가진 유일한 힘이자 특성이지요. 생각이라는 힘을 적절히 사용할 줄 알았기 때문에 인류는 다른 동물보다 월등히 발달할 수 있었습니다. 제 나름의 견해로, 지금 시대에 생각하는 힘이 중요한 이유와 그것을 활용할 수 있는 방법에 대해 세 가지로 정리해 봅니다.

첫째, 깊이 생각하는 시간을 가져야 합니다. 스마트폰과 SNS 문화의 발달로 인해 즉흥적인 판단과 결단에 익숙해져버렸습니다. 좋아요! 하나면 끝나지요. 왜 좋은지, 무엇이 좋은지, 그래서 어떻게 나아갈 것인지, 아쉬운 점은 무엇인지, 나에게 적용할 점은 없는지 등 깊이 생각하는 시간을 갖지 못합니다. 이런 이유로 우리의 사고는 극단의 양방향으로만 발전하게 되었지요. 좋거나 혹은 나쁘거나. 강의할 때, 십대 청소년들에게 "왜?"라고 물으면 제대로 대답하는 아이가 한 명도 없을 정도입니다. 좋으면 그뿐인데 거기에 무슨 이유가 있는가, 싫어서 싫다고 하는데 무슨 이유가 필요한가, 뭐 이런 식입니다. 원인과 근거에 대해 생각하는 힘이 약해질수록 결과를 창출하는 힘도 약해질 수밖에 없습니다. 왜 좋은지 알아야 자신도 좋은 것을 더 많이 만들 수 있는 것 아니겠습니까.

둘째, 붙잡고 늘어지는 습관을 키워야 합니다. '골치 아프다'는 표현이 있지요. 네, 맞습니다. 한 가지에 몰입하고 오래 생각하면 머리가 아픕니다. 그래서 생각하기를 포기하거나 대충 생각하는 습성이 생겨버린 것이죠. 이런 현상이 생겨나는 이유는 정답을 찾아야만 한다는 강박 탓입니다. 정답을 찾는 것만이 중요한 게 아니라 정답을 찾기 위해 고민하는 과정에 의미와 가치가 있다는 사실을 알아야 합니다. 끈덕지게 붙잡고 늘어지는 생각 습관을 가지면, 어느 순간 사고의 폭이 넓어지고 유연해집니다. 인생에서 벌어지는 온갖 사건에 대해 해결 방법이 하나뿐이라는 닫힌 사고에서 벗어나게 되지요. 생각하는 힘이 커질수록 슬기롭고 지혜롭게 살아갈 수 있습니다.

셋째, 생각에 집중해야 합니다. 사람은 하루에 약 오만 가지 생각을 한다고 하지요. 그 중 대부분은 쓸데없는 생각이거나 어제 했던 생각이라고 합니다. 인간이 가진 최고의 힘이 생각인데, 우리는 그 생각에 너무 소홀한 것은 아닐까요. "지금 무슨 생각을 하고 계십니까?"라고 질문을 던졌을 때, 대부분 사람은 황당한 표정을 짓습니다. 예상치 못한 질문이기 때문입니다. 자신의 생각에 대해 한 번도 진지하게 생각해 본 적이 없기 때문입니다. 때문에, 자신이 진짜 무슨 생각을 하고 있었는지 답변하기보다는 '그럴 듯한 답변'을 하는 경우가 많습니다. 생각이 삶을 만든다고 합니다. 생각에 집중하지 않는다는 것은, 삶이 그냥 흘러가도록 내버려둔다는 말에 다름 아니지요. 지금 무슨 생각을 하고 있는가? 그 생각은 내 삶에 도움이 되는가? 부정적이고 불편한 생각을 하고 있다면, 즉시 생각을 전환하여 인생에 도움이 되는 건전하고 바른 생각을 하도록 노력해야 합니다. 생각이 삶을 만들기 때문이지요.

생각에 대해 세 가지 견해를 정리해 보았습니다만, 꼭 한 가지 덧붙이고 싶은 내용이 있습니다. 생각과 기분의 연결에 관해서입니다. 시크릿과 꿈꾸는 다락방 등 끌어당김의 법칙이라는 말이 이제는 많은 이들에게 익숙해졌는데요. 한 마디로 '좋은 생각이 좋은 삶을 끌어당긴다.'라고 정리할 수 있겠지요. 저는 여기에서 말하는 '생각'을 '기분'에까지 연결시켜야 한다고 주장합니다. 생각 자체에만 집중하는 것도 쉽지 않은 일이고, 부정적인 생각을 긍정적인 생각으로 한 번에 탁 바꾸는 것도 어려운 일입니다. 기분에 집중하면 비교적 수월합니다. "지금 무슨 생각을 하고 있습니까?"라는 질문에는 답을 하기가 쉽지 않지만, "지금 기분이 어떻습니까?"라고 물으면 대답하기 쉽지요. 생각에 따라 기분이 바뀝니다. 안 좋은 생각을 하면 기분이 가라앉고, 좋은 생각을 하면 기분이 좋아집니다. 기분은 생각의 결과이기 때문입니다. 매 순간 생각에 집중하기는 어렵지만, 매 순간 기분을 확인하는 것은 누구나 쉽게 할 수 있습니다. 좋은 기분을 유지하려는 노력과 연습이 결국 좋은 삶을 만

작가의 인생 공부

든다는 결론이지요.

기분 좋은 삶을 추구합니다. 기분이 좋으면 무엇이든 잘 할 수 있다고 믿습니다. 기분 좋은 사람 열 명이 모이면 못할 일이 없습니다. 심각한 표정으로 인생 고민 다 짊어진 것처럼 사는 사람 많은데요. 자신의 삶이 뜻대로 잘 풀리지 않는다 싶을 때에는 가장 먼저 자신의 기분을 살펴볼 필요가 있습니다. 하루 중에서, 불편한 기분을 많이 느끼는 사람의 인생이 잘 풀릴 리 없기 때문입니다.

'앗싸! 오늘도 최고!'
'역시! 내 인생은 멋져!'
'세상에! 좋은 일이 비처럼 쏟아지는구나!'
'오늘은 또 어떤 설렘과 기쁨과 행복을 만나게 될까?'

작은따옴표 안에 '좋은 기분'이 많이 담길수록 최고의 인생을 만들 수 있습니다.

괄호
~~~

친절과 배려

괄호의 종류에는 여러 가지가 있습니다. 소괄호, 중괄호, 대괄호, 겹화살괄호, 홑화살괄호 등이죠.

이 책에서는 가장 많이 쓰이는 소괄호(())에 대해서만 다루겠습니다. 소괄호는 자세한 또는 부연 설명을 덧붙일 때 사용합니다. '나는 책(강안독서)을 썼다.'라는 문장에서, 어떤 책인지 구체적으로 보여주는 부분이 바로 소괄호 안의 내용이지요. 주의할 점은, 소괄호 뒤에 붙는 조사는 소괄호 앞의 명사와 어울리도록 쓴다는 사실입니다. 강안독서'를'이 아니라 책'을'이라고 써야 마땅하다는 뜻입니다. 소괄호는 한문이나 영어로 부연 설명을 할 때도 유용합니다. '화장을 할 때는 경건한 마음을 가져야 한다.'라는 문장에서, 화장이라는 말이 얼굴을 꾸미는 화장인지 아니면 장례를 치른다는 말인지 분간하기 힘듭니다. 이럴 때, '화장火葬'이라고 써주면 독자 입장에서 이해하기 쉽겠지요. 소괄호는 부제목을 쓸 때도 용이합니다. 이 책에서 다루고 있는 모든 수주제 제목은 위와 아래로 구분 표기되어 있습니다만, 이번 소주제 제목을 '괄호(친절과 배려)'라고 써도 무방합니다.

다른 문장 부호도 모두 마찬가지겠지만, 특히 소괄호는 독자의 입장을 배려하고 이해를 돕기 위한 수단으로 사용합니다. 소괄호가 없으면 정확한 뜻을 헤아리기 어렵습니다. 배불뚝 모양의 작은 부호 두 개가 명확하고 분명한 뜻을 전달 수 있도록 돕는 것이지요.

왜 군이 이렇게 불편하게 소괄호를 집어넣어야 하는 것일까요? 네, 맞습니다. 독자를 위해서지요. 글 쓰는 사람이 독자를 배려하지 않으면 아무리 좋은 글을 쓴다 한들 무슨 소용 있겠습니까. 작가는 독자에게 메시지를 전하는 존재입니다. 그 뜻이 틀림이 없도록 전하는 것이 작가의 책무입니다. 할 수만 있다면, 모든 친절과 배려를 쏟아 부어야 마땅합니다.

타인에게 친절하고, 그들을 배려해야 하는 것은 삶의 태도에서도 중요합니다. 혼자서 살아가는 세상이 아니지요. 우리는 어떤 식으로든 다른 사람들로부터 도움을 받으며 살아갑니다. 감사하는 마음을 잊지 말아야 합니다. 아울러, 내가 받으며 산다는 사실을 인식한다면 당연히 나누어줄 줄도 알아야 합니다. '나누어준다'는 말에 가장 잘 어울리는 단어가 친절과 배려 아닐까요?

불친절한 사람 만나 본 적 있지요? 기분이 어떻습니까? 매우 불쾌하고 화가 납니다. 물론, 친절이라는 것은 법적으로 제한된 규정은 아닙니다. 불친절하다고 해서 벌금을 내거나 구속될 일은 없습니다. 하지만, 내가 불친절함을 당했을 때 불쾌하고 나쁜 기분을 느꼈다는 사실을 명심한다면, 다른 사람에게 불친절하면 안 되겠다는 생각과 태도를 가져야 마땅할 테지요. 반대로, 친절한 사람을 만났을 때 기분은 어떻습니까? 마음은 평온해지고, 입가에 저절로 미소가 지어지며, 내 입에서도 좋은 말이 흘러나오게 됩니다. 친절한 태도는 사람을 기분 좋게 만듭니다. 앞서 '작은따옴표'에 관한 글에서, 좋은 기분이 좋은 인생을 만든다고 했지요. 그렇습니다. 친절은 곧 좋은 세상을 만드는 가장 기본적인 태도인 것입니다.

조금 다른 얘기를 해 볼까 합니다. 최재천 교수는 그의 책 《최재천의 공부》에서 '배려'에 관한 이야기를 합니다. 우리나라 사람들이 세계 다른 어떤 나라 사람들보다 마스크를 열심히 착용하고 다닌다는 사례를 들었지요. 그러면서, '우리나라 사람들은 자신이 코로나에 감염되기를 염려하기보다 다른 사람한테 피해를 주지 않겠다는 마음이 더 강하다'는 의미로 풀어 냈습니다. 타인을 배려하는 공동체 의식이 강하다는 뜻이지요.

저는 감히, 최재천 교수의 생각에 한 가지 우려를 표하고 자 합니다. 타인을 배려하는 마음이 다른 사람한테 폐를 끼치 지 않기 위해서라는 말에는 적극 공감합니다만, 그것이 지나 쳐 다른 사람 눈치를 보는 형국에까지 이른 것은 아닐까요. 마 스크를 열심히 착용하는 것에 국한된다면, 이는 참으로 선한 마음씨라 볼 수 있겠습니다. 하지만, 그 외 일상 많은 분야에서 다른 사람을 배려한다는 이유로 망설이고 주저하고 눈치 보는 습성이 깊이 자리 잡은 것 같다는 것이 저의 생각입니다. 이것 은 하나의 문화입니다. 그래서 더 심각하지요. 문화란, 오랜 시 간에 걸쳐 누적되고 스며든 가치관이자 습성이기 때문에 바꾸 기 어렵습니다.

발표를 하라고 하면, 가장 먼저 '다른 사람들이 내 말을 어 떻게 생각할까' 염려합니다. 글을 쓰라고 하면 '다른 사람들이 내 글을 어떻게 생각할까'부터 고민합니다. 여러 명을 모아 공 저를 기획하고 진행해 보면 더 잘 알 수 있습니다. 함께하는 이 들이 가장 많이 하는 말이 있습니다. "다른 작가님들한테 피해 를 줄까 걱정됩니다."

친절과 배려는 중요합니다. 더 좋은 세상을 만들기 위한 핵심 요소이자 삶의 태도입니다. 허나, 그 친절과 배려가 지나쳐 스스로 위축되고, 다른 사람 기분과 분위기 맞추는 데 급급하고, 눈치 살피며 자기주장과 의견을 제대로 내세우지도 못할 지경이라면 이것은 깊이 생각해 봐야 할 문제입니다.

온라인 시대입니다. 글 한 줄을 올려도 수많은 사람들의 반응을 확인할 수 있는 세상입니다. 긍정의 댓글을 보면 만족스럽고, 삐딱한 댓글을 보면 우울해집니다. 그러다보니, 옳다고 여겨지는 글을 쓰기보다 타인의 입맛에 맞는 글을 쓰는 경우가 허다하지요. 기분 따라 감정 따라 아무 글이나 마구 쏟아 부으라는 뜻이 아닙니다. 깊이 생각하고, 자신만의 철학과 가치관을 정립했다면, 다른 사람의 반응을 살피기보다 당당하게 뜻을 밝히는 패기와 용기를 가지는 것이 더 중요하다는 말입니다.

네이버 어학사전에서 '배려'라는 말의 찾아보면, '도와주거나 보살펴 주려고 마음을 씀'이라고 정의되어 있습니다. 도와주거나 보살펴 주기 위해 상대의 눈치를 볼 필요는 없습니다. 도와주거나 보살펴 주는 행동은 평가 받고 점수 받기 위함도 아니지요. 소괄호는 친절과 배려입니다. 눈치 보지 말고, 조마조마한 마음으로 쓰지도 말고, 사람들의 평가에도 연연하지 말고, "돕는다'는 가치로 당당하게 사용하면 좋겠습니다.

쓸모 있는 존재가 돼라

띄어쓰기는 라틴어에서 유래되었으며, 한국에서는 스코틀랜드에서 온 선교사 존 로스가 사용하기 시작했고, 최초의 한글판 신문을 발행한 독립신문에서 처음 사용되었습니다.(출처 나무위키)

'띄어쓰기'라고 표기할 때는 붙여 쓰는 것이 맞고, '띄어 쓴다'라고 표기할 때는 띄어 쓰는 것이 맞습니다. '띄워쓰기'는 잘못된 표기입니다.

띄어쓰기의 중요성을 나타내는 아주 오래된 표현이 하나 있지요. '아버지가 방에 들어가신다'와 '아버지 가방에 들어가신다'입니다. 띄어쓰기 하나로 의미가 전혀 달라집니다. 정확한 내용을 전달해야 하는 작가 입장에서 주의를 기울여야 함이 마땅하겠지요. 띄우고 붙여야 하는 모든 경우를 문법에 따라 공부하려면 두꺼운 사전 하나를 통째로 외워야 합니다. 그러니, 현명하고 지혜로운 공부 방법은 독서라 할 수 있습니다. 꾸준히 책을 읽으며 눈으로 익히면 굳이 따로 공부하지 않아도 띄어쓰기를 제대로 알 수 있습니다.

띄어쓰기의 기준은 각 단어의 독립성 여부입니다. '내 자랑 하나 해야겠다.'라는 문장을 살펴봅시다. "내, 자랑, 하나, 해야겠다"라는 네 개의 어휘가 각각 독립적으로 그 의미를 나타내고 있습니다. 만약, '내'와 '자랑'이라는 두 단어가 합해져 '내자랑'이라는 독립성을 갖춘다면 붙여 써도 됩니다. 하지만 '내자랑'이라는 말은 없고, '나의+자랑'이 정확한 의미이지요. 그러니 띄어 써야 합니다. 방금 제가 '띄어 써야'라고 썼습니다. '띄어쓰기'는 붙여 써야 한다고 했지만, '띄어 써야'는 띄어 써야 합니다. '띄우다'라는 말과 '써야'라는 말이 각각 독립적으로 존재하기 때문입니다. '띄어쓰기'는 '띄우다+쓰다'가 합해져 '띄어쓰기'라는 고유의 어휘로 존재할 수 있기 때문에 붙여 써야 마땅한 것이고요. 어렵지요? 맞습니다. 헷갈리고 어렵습니다. 그래서 꾸준히 책을 읽어야 하는 것입니다.

독립성에 관해 말했습니다. 독립성은 쓸모라는 말과 연결할 수 있습니다. 하나의 개체로 쓸모가 있을 수도 있고, 둘 또는 여럿이 모여야만 그 쓸모를 발휘하는 경우도 많습니다. 야

작가의 인생 공부

구공과 글러브를 예로 들어 보겠습니다. 공과 글러브는 각각 독립적으로 존재합니다. 각각의 쓸모를 가지고 있지요. 하지만, 야구 경기라는 관점에서 보자면 공과 글러브는 함께여야 쓸모를 발휘합니다. 독립적 가치도 있어야 하고, 함께의 가치도 가져야 한다는 좋은 예가 되겠지요.

사람은 어떨까요? 각 개인의 독립적 쓸모도 있고, 함께일 때 더 큰 힘을 발휘하는 가치도 있습니다. 우선, 함께의 가치부터 살펴보겠습니다. 대표적으로 직장입니다. 한 사람이 혼자서 모든 일을 다 할 수는 없습니다. 일의 경중을 떠나 수많은 사람이 한 회사의 여러 일들을 나눠 담당합니다. 모든 직원이 각자의 자리에서 맡은 바 책임을 다할 때, 그 회사는 성장하고 발전할 수 있는 것이겠지요. 국가도 마찬가지입니다. 국민 한 사람한 사람이 '모여' 여론을 형성하면 그 힘은 막강하지요. 정책의 방향마저 바꿀 수 있고, 대통령을 비롯한 정치인의 운명까지 좌우할 수 있습니다. 이런 것이 바로 '붙여 쓰기'의 힘입니다.

글을 쓸 때는 철저히 '띄어쓰기'의 힘이 필요합니다. 글은 작가 혼자서 씁니다. 물론, 공저도 있고 같이 모여서 쓰는 경우도 있지만, 결국 자신의 글은 자기가 써야 합니다. 독립된 존재로서 힘을 발휘해야 합니다. 몸이 불편한 경우를 제외하고는, 혼자서 글을 쓰지 못하는 사람은 작가가 될 수 없습니다. 아니,

작가라고 할 수 없습니다. 자기 글은 자기가 써야 합니다. 그 외에는 어떠한 방법도 없습니다. 몸이 불편한 사람도 자신의 생각과 의견과 주장을 펼쳐 보조하는 사람이 대신 받아 적어주는 정도일 테지요. 아예 대놓고 다른 사람의 생각이나 표현을 베껴 적는 것을 표절이라 합니다. 내 이야기를 다른 사람이 대신 써주는 것을 대필이라 하고요. 표절과 대필은 그 이름 자체만으로도 점수를 깎아먹습니다.

필력이 약하다면 공부하고 연습해야 합니다. 문장력이 부족하다면 공부하고 연습해야 합니다. 공부하고 연습하기 싫으면 안 쓰면 됩니다. 글은 쓰기 싫지만 글과 책으로 인정은 받고 싶지요. 일은 하기 싫고 돈은 벌고 싶었습니다. 그러다가 제 인생 몽땅 날려버렸습니다. 이것이 바로 인생 원칙입니다. 하고 싶은 일이 있으면 배우고 공부하고 연습하면 됩니다. 배우고 공부하고 연습하기 싫으면 바라지 말아야 합니다. 둘 중 하나밖에 가질 수 없습니다. 멋진 몸매와 폭식, 두 가지를 모두 가질 수 있는 방법은 세상에 없습니다. 이 단순하고 명확한 진실을, 우리는 자꾸만 잊어버리는 모양입니다.

사람의 쓸모는 결국 노력과 시간, 두 가지를 통해 완성됩니다. 오랜 시간 노력한 사람은 실력을 갖추게 마련입니다. 막노동 현장에서 업체 사장이 일꾼을 고를 때 가장 먼저 묻는 질문입니다. "경력 얼마나 됐어요?" 10년 넘었다고 하면 무조건 차에 타라고 합니다. 저는 그 질문 앞에서 한없이 작아졌지요. "두 달 됐습니다."라고 하면, 제 위아래를 훑어봅니다. 배움과 노력과 시간이 짧았기 때문에 어쩔 수 없는 노릇이었죠.

노력과 시간을 이길 수는 없지만, 사람의 쓸모에 한 가지 덧붙일 수 있습니다. 바로 정성입니다. 실력은 부족하지만 정성이 가득하면, 그래도 어딜 가나 인정받을 수 있습니다. 실력이 부족할수록 더 많은 정성을 쏟아야 합니다. 두 달도 되지 않은 초보 잡부가 그래도 매일 새벽 '봉고차'에 오를 수 있었던 이유는 고개 팍 숙이고 종일 정성을 다했기 때문입니다.

우리는 모두 태어나는 순간부터 비교 대상이 없는 '쓸모'를 타고 났습니다. 한 사람 한 사람 모두 띄어쓰기 개체이지요. 우리가 해야 할 일은, 살아가면서 그 쓸모를 더 개발하고 확장하는 것입니다. 정성을 다해 배우고 공부하고 노력합니다. 배움과 공부와 노력에 시간을 더하면, 대체할 수 없는 존재로서 우뚝 서는 것이죠.

마감
~~

책임지는 인생

마감은 일을 마무리하여 끝내는 것 또는 정해진 기한을 뜻하는 말입니다. 끝내는 때를 정해놓고 일하는 것과 그렇지 않은 것에는 큰 차이가 있습니다. 책을 쓰겠다고 시작하는 많은 예비 작가들이 '잘 써지지 않는다'며 고민을 하소연합니다. 그 심정을 충분히 이해하고도 남습니다. 저도 처음에 글을 쓸 때, 도대체 무슨 말로 분량을 채워야 하나 막막했습니다. 술술 잘 써지는 날도 전혀 없지는 않았지만, 책 한 권 분량의 원고를 집필하면서 그런 때는 극히 일부에 지나지 않았습니다. 대부분은 쓰지 못하고 그저 멍하니 허공을 바라볼 뿐이었지요. 잘 쓰고 못 쓰고를 떠나서, 일단 분량이라도 채워야 퇴고를 하든 말든 할 것 아니겠습니까. A4용지 한 장 들고 가서 책 내 달라고 할 수는 없는 노릇이니까요. 함께하는 작가들이 진도가 나가지 않는다며 하소연할 때, 제 심정도 똑같이 답답합니다.

최근에 공저 프로젝트를 론칭하고 대대적으로 진행하고 있습니다. 개인 저서와 달리, 공저는 마감을 정해두고 진행합니다. 각자의 일상이 다르고, 또 글 쓰는 속도에도 차이가 있기 때문에, 마냥 시간을 줄 수는 없거든요. "빡세다"는 말을 많이 듣지만, 마감을 정해두는 것이 여러 사람의 글을 모아 책으로 낼 수 있는 가장 효율적인 방법이라고 믿습니다.

그런데, 공저를 진행하면서 재미있는 현상을 발견했습니다. 불과 얼마 전까지 글이 써지지 않는다며 하소연하던 작가들이 공저 마감에 맞춰 한 명도 빠짐없이 원고를 완성하고 제출하더란 말이지요. 대체 무슨 차이가 있는 걸까요? 마감을 정하는 것과 정하지 않는 것. 오직 한 가지 차이점뿐이었습니다. 그렇습니다! 바로 이것이 마감의 위력입니다. 안 될 것 같지만 됩니다. 어렵고 힘들 것 같지만 다들 해냅니다. 말을 바꿔 보자면, 우리에게는 애초부터 글을 쓸 능력이 충분히 갖춰져 있다는 뜻이지요. 저는 이것을 '위대한 발견'이라고 부릅니다.

그렇다면 마감은 어떻게 우리에게 해낼 수 있는 힘을 부여하는 것일까요? 저는 뇌 과학 전문가도 아니고 심리학 박사도 아닙니다. 그럼에도 한 가지 사실을 유추할 수 있었는데요. 그것은 바로 '책임감'입니다. 혼자서 글을 쓸 때는 마감을 지키지 않아도 자신이 모든 책임을 감수하면 그뿐이지요. 하지만, 공

저는 여러 명이 함께 진행하는 프로젝트입니다. 내가 마감을 지키지 못하면 다른 사람한테 고스란히 피해를 주게 됩니다. 특히 우리나라 사람들은 남한테 폐 끼치는 걸 싫어하지요. 그래서 안간힘을 쓰면서 책임을 완수하는 겁니다.

글쓰기 외에 다른 일상에도 마감과 책임을 적용하면 어떨까요? 익숙지 않아 어색할 수는 있겠지만, 반복하고 연습하면 상당한 효과를 거둘 수 있습니다. 우선, 자신이 이루고자 하는 바를 정한 후 기한을 못 박습니다. 무리하게 일정을 잡을 필요도 없고, 그렇다고 해서 너무 길게 잡아서도 안 됩니다. 좀 힘들지 않을까 싶은 정도로 마감 날짜를 정하는 것이 좋습니다. 그런 다음에, 목표를 달성했을 때의 상황과 기분을 상상해 보는 겁니다. 이 때, 저절로 미소가 지어질 정도로 기분 좋고 행복한 목표라면 더 효과가 크겠지요. 이제 준비는 끝났습니다. 무조건 실행입니다. 마지막 단계입니다. 단, 실행할 때는 주의할 점이 있습니다. 애초에 세운 계획을 실천함에 있어 유연함을 가져야 한다는 사실입니다. 유연함이란, 처음 세운 목표 자체를 바꿔도 된다는 뜻이 아니라, 계획과 방법을 수정/보완할 수 있다는 말입니다. 예를 들어, 밤 열 시부터 한 시간 동안 매일 글을 쓰기로 계획했으나, 막상 해 보니까 밤 9시부터 40분간 쓰는 편이 더 낫겠다고 판단된다면 수정할 수 있다는 얘기입니다.

작가의 인생 공부

정리하자면 이렇습니다. 목표와 기한을 정하고, 달성했다는 믿음으로, 하루하루 실행하며 나아가는 것이죠. 마감이라는 말로 시작했지만, 세계적인 동기부여가 및 성공학 대가들이 말하는 성공의 원칙과도 다를 바가 하나도 없습니다. 어떤 일이든, 오랜 세월을 거쳐 내려오는 원칙과 법칙이라면 신뢰할 만한 가치가 충분하다고 봐야겠지요. 문제는 실행입니다. 머리로 아는 것과 실제로 행하는 것과는 전혀 다른 문제입니다. 생각과 행동 사이 거리가 멀수록 평범하거나 실패하는 인생입니다. 생각과 행동 사이 거리가 좁을수록, 즉시 실행에 옮길수록 성공 가능성이 커집니다.

글이나 한번 써 볼까? 이런 생각으로 집필을 완료하는 사람 지금까지 한 번도 본 적 없습니다. 결단은 단호해야 합니다. 10월말까지 초고를 완성한다! 12월말까지 퇴고를 완료한다! 이런 식으로 날짜와 행위의 마감을 선명하게 정하는 것을 '결단'이라 부르지요. 결단은 한 번 하면 끝입니다. 뒤도 돌아보지 말고 나아가야 합니다. 오직 마감만 바라보면서 하루하루 최선을 다해 실행합니다. 물론 쉽지 않은 일입니다. 때문에, 세상에 성공하는 사람이 극히 적을 수밖에 없습니다.

기쁜 소식도 있습니다. 일단 실천하기만 하면, 마감을 정해 놓고 달리는 사람은 무조건 성공한다는 사실이지요. 설령 실패한다고 해도 문제될 것이 없습니다. 10월말까지 천만 원을 벌겠다 결심한 사람이 구백만 원을 벌었다고 해서 실패라고 볼 필요는 없으니까요. 마감을 정해놓고 질주하면, 그 과정에서 많은 것을 얻을 수 있기 때문에 성장과 발전이라는 측면에서 보자면 무조건 성공한다고 단언하는 것입니다.

막연한 목표는 인생도 막연하게 만듭니다. 돈 많이 벌고 싶다. 이런 생각은 아무런 변화도 일으키지 못합니다. 나도 책 내고 싶다. 이런 마음은 갖지 않는 것이나 다름없지요. 언제까지! 이루고야 말겠다! 끝입니다. 더 이상 다른 생각은 할 필요도 없습니다. 그냥 하는 겁니다. 무식할 정도로 몰아붙이는 마감과 실행 덕분에, 전과자 파산자는 작가와 강연가로 더 바랄 것 없이 살아가고 있습니다. 앞으로도 저는, 무슨 일을 하든 마감부터 정해놓고 시작할 겁니다. 무조건 성공할 테니까요.

chapter 04

철학을 위한
글쓰기

짧게 쓴다

명료한 인생

문장은 짧게 쓰는 것이 좋습니다. 특히, 초보 작가일수록 더 그렇습니다. 문장을 길게 쓰는 것과 짧게 쓰는 것을 상대적으로 비교하여, 둘 중 어느 것이 더 낫다는 말을 하는 게 아닙니다. 글쓰기에 익숙지 않은 사람이 문장을 길게 쓰면 반드시 문법적 오류가 발생하기 때문입니다. 네, 그렇습니다. 저는 지금 '반드시'라는 표현을 썼습니다. 아무리 초보 작가라도 사람마다 글 쓰는 수준이 다를 텐데 어떻게 이리 확신을 할 수 있을까요? 지난 7년 동안 전국 수많은 이들과 함께 글을 써 본 경험에서 우러나온 확신입니다. 글을 제법 잘 쓰는 사람도 문장을 길게 쓰다 보면 주어와 술어의 연결에서 혹은 기타 문법에서 실수를 하고야 마는 것이죠.

문장을 길게 쓰면 그 뜻도 어렵고 복잡해집니다. 글을 쓰는 이유는 독자에게 전달하기 위함입니다. 쉽고 명확하고 간단명료하게 쓸 필요가 있습니다.

> 예시1　왜냐하면, 매일 글을 쓰겠다고 다짐을 해도 그것이 우리 뇌의 잠재의식에 자리 잡지 못한 상황이라면 의지만 갖고는 도저히 불가능한 일이고, 그래서 매일 노력해도 결실을 맺지 못하는 경우가 많다.

위 문장은 문법적으로 바르지 못합니다. 맨 앞에 '왜냐하면'이라는 이유/원인을 나타내는 표현이 있을 경우 문장의 끝은 '~ 때문이다'로 맺어야 합니다. 그런데 '경우가 많다'라고 끝났지요. 문법에 맞지 않는 경우입니다. 왜 이런 현상이 생긴 걸까요? 글을 쓴 사람이 문법을 몰라서 이렇게 쓴 것일까요? 전혀 아닙니다. 이유는 하나뿐입니다. 문장을 길게 써서 그렇습니다. 문장을 잘라 짧게 치고 나가면 이런 오류는 얼마든지 사전에 방지할 수 있습니다. 문법적인 오류도 발생했지만, 문장이 전하고자 하는 의미도 복잡합니다. 독자가 두 번 세 번 읽어야 그 뜻을 이해할 수 있다면 그 노력에 대한 책임은 오롯이 작가에게 있는 것이죠.

> 수정1　왜냐하면, 글을 쓰겠다는 다짐이 잠재의식에 자리 잡

지 못했기 때문이다. 의지를 갖고 노력한다 하더라도 잠재의식의 도움 없이는 결실을 맺지 못하는 경우가 많다.

문장을 두 개로 쪼개기만 해도 한결 자연스럽게 표현할 수가 있습니다. 의미도 명확해졌고요. 문장을 길게 써도 문법에 아무런 하자가 없다면 굳이 짧게 쓰기를 강요할 필요는 없습니다. 다만, 독자의 입장에서는 짧은 문장과 긴 문장이 적절히 조화를 이룰 때 읽기 편하다는 사실, 기억해야 할 것입니다. 문장을 길게 쓰는 것은 나중에 연습해도 됩니다. 짧은 문장 몇 개를 연결하기만 하면 되니까요. 한 번 해 보면 금방 알 수 있습니다. 문장을 짧게 쓰는 것은 연습 없이는 절대 불가능합니다.

문장을 짧게 써서 그 뜻을 명료하게 해야 하듯, 인생도 선명해야 합니다. 대학에 가서 젊은 친구들과 대화를 나눠 보면, 자신의 삶에 대해 분명하지 못한 생각을 가진 경우가 허다합니다. 의사, 변호사, 컴퓨터 개발자, 외교관, 기자 등 수없이 다양한 직업을 말합니다. 그들은 이 직업을 두고 '꿈'이라 표현하더군요. 안타깝습니다. 이것은 꿈이 아니죠. 그저 직업의 이름일 뿐입니다. 진정한 꿈은 '환자의 마음을 편안하게 해주는 의사' 정도가 되어야 합니다. 돈보다는 서민들이 억울한 피해를 입

작가의 인생 공부

지 않도록 최선을 다하는 드라마 주인공 같은 변호사! 정도 되면 박수를 쳐주고 싶습니다. 이상주의자, 현실주의자, 뭐 이런 것은 지금 따질 문제가 아니지요. 아이들에게 창의성과 독창성을 키워줄 수 있는 프로그램을 개발하는 미래 개발자가 되겠다! 꿈을 이렇게 정해야 삶이 명료해집니다. 어떤 직업을 갖느냐 하는 것보다는 어떤 존재가 되겠다 결심해야 합니다. 그래야 인생이 분명해지고 철학과 가치관을 정립할 수 있습니다.

명료한 인생을 위해서는 가장 먼저 생각을 분명하게 할 필요가 있는데요. 자신의 생각이 무엇인지 똑 부러지게 말할 수 있는 사람이 드물다는 사실은 이제 별로 놀랄 만한 일도 아닙니다. 그만큼 주체적인 사고를 하지 않는다는 의미입니다. 주입식 교육과 스마트폰, 그리고 인터넷 문화의 폐해입니다. 생각은 수용적이 아니라 적극적이어야 합니다. 의도적으로 생각을 해야 한다는 뜻이지요. 책을 읽고, 대화를 나누고, 토론을 하고, 글을 쓰면서 자신이 어떤 생각을 갖고 살아가는 존재인지 인식할 수 있어야만 명료한 인생을 누릴 수 있습니다. 모든 것이 복잡하고 혼란스러운 세상입니다. 어디를 둘러봐도 속 시원한 구석이 없는 시대지요. 정치, 경제, 사회 등 곳곳에 문제가 만연합니다. 이런 시대에 머릿속까지 엉켜 있으면 얼마나 답답하고 막막하겠습니까.

문장의 뜻을 명료하게 하기 위해 노력하다 보면 글 솜씨가 늘어납니다. 인생을 선명하게 볼 수 있도록 노력하다 보면 삶이 좋아집니다.

같은 실수를
되풀이하지 않겠다는 자세

강조를 위한 경우를 제외하고는, 한 문장 내에서 혹은 앞뒤로 위치한 글에서 같은 어휘나 구절을 되풀이하지 말아야 합니다.

예시1　쉬는 시간에 도시락을 먹었는데, 도시락 반찬이 형편없어서 도시락을 그냥 가방에 집어 넣어버렸다.

위 예시1에서 보듯이, '도시락'이라는 말이 한 문장 안에 세 번이나 중복되고 있는데, 그럴 필요가 전혀 없습니다. 독자 입장에서는 읽지 않아도 되는 단어를 반복해 읽어야 하기 때문에 시간과 노력의 낭비라고 봐야 합니다. 독자의 시간과 노력을 낭비하게 만드는 것은 작가로서 반드시 피해야 할 문제입니다.

수정1 쉬는 시간에 도시락을 먹었는데, 반찬이 형편없어서 그냥 가방에 집어 넣어버렸다.

이렇게 써도 아무 이상이 없습니다. 독자가 이해하는 데에도 문제가 없고, 작가 입장에서 의사 전달하는 데에도 오류가 없지요. 문장을 짧게 써야 한다는 내용에도 해당되고, 메시지를 간결하게 전해야 한다는 원칙에도 맞아 떨어집니다. 이렇게 정리해서 읽어 보면 당연하게 보이는 내용입니다만, 글쓰기 경험이 부족한 사람들의 글에서 중복 현상은 심각할 정도로 많이 나타납니다. 초고를 쓸 때는 마구 쏟아낸다 하더라도, 퇴고할 때는 같은 말이 여러 차례 중복되고 있는 것은 아닌지 꼼꼼히 살펴야 합니다. 중복 여부만 봐도 글을 쓸 줄 아는 사람인지 아닌지 분간할 수 있을 정도니까요.

인생에서도 중복을 피해야 합니다. 어떤 중복일까요? 네, 맞습니다. 실패나 실수의 중복입니다. 저는 스스로도 그렇고 다른 사람들한테도 마찬가지로 "많이 실패하라!"고 강조합니다. 제 자신이 실패를 통해 삶을 배웠고, 덕분에 지금에 이르렀기 때문입니다. 실패하지 않았더라면 그 많은 인생 지혜와 진리를 하나도 배우지 못했을 겁니다. 하지만, 같은 실수나 실패를 반복하는 것은 어리석은 일입니다. 실패를 통해 배워야만 성장하고 발전할 수 있습니다. 배움이 있기만 하면 실패는 더 이상 실패가 아니지요. 그런데, 똑같은 실수와 실패를 되풀이 한다는 것은 그것들을 통해 배운 것이 없다는 뜻이거든요.

인간 존재의 본질은 확장입니다. 태어나서 죽을 때까지 더 크게, 더 넓게, 더 깊이 능력을 발휘하고 나아가야 합니다. 신이 우리를 만들 때, 누구에게나 장점과 단점을 주었습니다. 단점은 보완하고 장점을 키워 타인과 세상을 도우라는 뜻입니다. 확장이라는 말은 성장과 발전이라는 단어로 바꿔 쓸 수 있습니다. 성장하고 발전하기 위해서는 무엇을 해야 할까요? 그렇습니다. 배워야 합니다. 우리는 배움을 통해 더 나은 삶을 만들어가는 것이죠. 그렇다면 무엇을 통해 배워야 하는 것일까요? 학교 공부? 어른들의 말? 그런 것도 배움의 일종입니다만, 사실 인생에서 학교 교육이나 어른들 말씀을 적용하는 경우는 별로 없다는 것이 저의 생각입니다. 지금까지 살면서 제 인생에 요긴하게 활용하는 대부분 배움은 '실패'로부터 얻었습니다. 실패야말로 배움의 절정이지요. 뭔가 하나라도 배우기만 했다면, 실패는 더 이상 실패가 아닙니다.

한 가지 덧붙이고 싶습니다. 배움이 실패로부터 비롯된다면, 더 많이 실패할수록 더 많이 배울 수 있다는 말이 됩니다. 어떻게 해야 더 많은 실패를 할 수 있을까요? 맞습니다. 도전을 하면 됩니다. 더 많이 도전할수록 더 많이 실패할 수 있고,

더 많이 실패할수록 더 많은 배움을 얻을 수 있으며, 더 많은 배움을 통해 더 성장하고 발전할 수 있는 것이죠. 이것이 바로 성공하는 사람들이 가진 절대 공식이자 법칙입니다.

성공이냐 실패냐 하는 문제에 연연할 필요가 없습니다. 평생 성공만 하는 사람이 어디 있겠습니까. 모두가 예외 없이 성공도 하고 실패도 합니다. 크게 성공한 사람은 과거 큰 실패를 겪었습니다. 기가 막히게 정확합니다. 아무리 노력해도 별 성과가 없다 하는 사람들 대부분은 큰 실패를 겪지 않았습니다. 이들은 열심히 노력하긴 하지만 인생 배움이 짧기 때문에 한계가 있는 것입니다. 굳이 일부러 실패할 필요는 없지 않겠냐고 반문할 수 있겠지요. 일부러 실패하라는 게 아닙니다. 적극적인 도전을 더 많이 하라는 뜻이지요. 실패가 없는 사람은 도전이 적거나 없는 사람입니다. 몸을 사리는 겁니다. 안전을 추구합니다. 조심하고, 망설이고, 주저하고, 비법과 노하우를 주로 찾는 사람들입니다. 부딪치고 깨지고 넘어지고 피 흘리고, 그럼에도 다시 일어서고. 실패와 실수를 통해 배운 내용을 바탕으로 다시 도전해야 합니다. 이 과정이 반복되면 엄청난 "살아가는 노하우"를 익히게 됩니다. 이런 사람들은 성공할 수밖에 없습니다.

작가의 인생 공부

"도전하고 실패하고 배우고 성장한다!" 이 원칙을 기억하고 실천하면 누구나 일정 수준 이상 성공할 수 있다고 확신합니다. 시간과 노력을 줄이고 싶다면, 실패 후 깨닫고 배우는 데에 좀 더 주력하면 됩니다. 같은 실수와 실패를 절대 반복하지 않겠다는 신념으로 배움에 집중하면, 성장하고 발전하는 속도는 훨씬 빨라집니다. 그러니, 뭔가 일이 잘 풀리지 않는다고 투덜대거나 하소연하면서 술잔 기울이지 말고, 그럴 시간에 무엇이 잘못 되었나 꼼꼼히 살펴 배우겠다는 자세로 일상을 살아가길 권합니다. 이것은 제 자신에게도 해당되는 말이고요.

큰 실패를 겪어 보니, 그거 참 할 짓이 못 되더군요. 몸도 아프고 마음도 괴롭고 가족의 삶도 형편없어집니다. 중요한 것은, 견디기 힘든 고통과 시련을 만난다고 해서 그 자리에 주저앉아 있을 수는 없다는 사실입니다. 아무리 힘들어도 우리는 또 살아내야 합니다. 그것이 인생이니까요. 제가 약속할 수 있는 것은, 실패로부터 뭔가 배우기만 하면 반드시 다시 일어설 수 있다는 사실입니다.

삶의 목적과 존재 이유

메시지는 곧 주제와 상통합니다. 독자에게 전하고 싶은 핵심 한 마디 정도로 요약하면 마땅할 듯합니다. 한 편의 글 분량은 딱히 정해져 있는 것은 아니지만, 일반적으로 원고지 10매~15매 정도가 적당하다고 봅니다. 글을 쓸 때는 핵심 메시지를 정하고, 이를 뒷받침할 수 있는 근거와 사례 등으로 분량을 채우는 것이죠. 핵심 메시지가 불분명하거나 작가 본인조차 알 수 없는 경우라면, 글은 횡설수설 산으로 갈 수밖에 없습니다. 저는 강의할 때 메시지가 전부라는 말을 자주 합니다. 그 정도로 중요하다는 뜻이지요.

생각보다 많은 사람이 자신이 쓰는 글의 핵심 메시지를 제대로 알지 못하고 있다는 사실에 놀라지 않을 수가 없습니다. 말과 글은 표현의 수단입니다. '하고 싶은 말'이 있기 때문에 말도 하고 글도 쓰는 것인데요. 그 하고 싶은 말이 무엇인지 모르는 상태에서 말하고 쓴다는 것은 도저히 납득할 수 없는 문제입니다.

그렇다면, 왜 사람들은 핵심 메시지를 분명하게 정한 후에 쓰지 않는 걸까요? 세 가지로 요약할 수 있습니다.

첫째, 핵심 메시지를 정하는 것 자체가 어렵고 힘든 작업이기 때문입니다. 살면서, 핵심 메시지 정할 일이 몇 번이나 있었겠습니까? 경험이 없다 보니, 메시지를 어떤 식으로 정해야 하며 또 어떤 메시지가 독자들에게 통할까 고민하게 됩니다. 경험이 없는 것에 대해 오랜 시간 고민을 하면 머리가 지끈거립니다. 당연히 피하고 싶고 미루고 싶지요. 어떻게든 글을 쓰다 보면 메시지 비슷한 것이 나올 거라는 막연한 기대로 일단 쓰기 시작하는 겁니다. 그러다보니 메시지 없는 황량한 글이 나올 수밖에 없지요.

둘째, 메시지 자체에 자신이 없기 때문입니다. "용기를 가져라!"라고 쓰고 싶지만, 그렇게 썼다가는 독자들로부터 당연한 소리를 왜 하냐는 핀잔을 받을 게 뻔하다고 생각하는 겁니다. 모난 돌이 정을 맞으니까, 무난하게 묻어갈 수 있는 내용으로 글을 채우려 합니다. 이 또한 경험 부족에서 비롯되는 현상입니다. 자신의 의견이나 주장을 당당하게 펼칠 기회가 부족했지요. 다른 사람 의견에 섞여 좋은 게 좋은 거라며 한 표 던지는 삶을 살아온 탓입니다. 오죽하면 식당에 가서 "뭐 먹을래?" 물어 볼 때마다 "아무거나"라고 답하는 것이 일상이 되었겠습니까.

메시지를 정하지 않고 쓰는 이유가 한 가지 더 있습니다.

셋째, 그럴 듯한 메시지를 정하고 싶다는 욕구 때문입니다. 사람들이 깜짝 놀랄 만한, 충격을 받을 만한, 박수를 칠 만한, 모두가 공감하고 환호할 만한, 그런 메시지를 쓰고 싶다는 욕구가 잠재의식에 있기 때문에 평소에 떠오르는 대부분 메시지를 그냥 넘겨버리는 것이죠. 인정받고 싶고 칭찬 받고 싶은 마음은 인간의 본능이라고 했습니다. 하지만, 그럴 듯한 메시지란 애초부터 따로 존재하지 않습니다. 사람 살아가는 모양새가 다 거기서 거기인 것처럼, 인생에 필요한 메시지도 이미 전부 세상에 나와 있습니다. 하늘 아래 새로운 것이 없다는 말을 솔로몬 왕이 했지요. 그 때가 언제입니까. 기원전 990년으로 추정합니다. 그러니 지금 시대는 더 말할 필요도 없겠지요. 메시지 자체를 고민하기보다는 그 메시지를 어떻게 효과적으로 전달할 것인가를 고민해야 합니다.

이러한 이유로, 핵심 메시지를 정하지 않고 글을 쓰는데요.

두괄식이라는 말 아시죠? 가장 중요한 말을 맨 먼저 하는 겁니다. 독자는 한 편의 글을 읽을 때 주요 메시지를 간파할 수 있기 때문에 이해가 쉽고, 작가 입장에서는 글을 다 쓸 때까지 핵심을 놓치지 않을 수 있어 유용합니다. 핵심 메시지를 먼저 쓰고 난 후에 글을 쓰는 습관을 가지면 좋겠습니다.

인생에서 핵심 메시지는 어디에 비유할 수 있을까요? 살아가는 목적입니다. 존재 가치입니다. '나는 무엇을 위해 살아가는가?' '나는 어떤 존재인가?' '나의 가치는 무엇인가?' 다소 철학적인 질문 같기도 한데요. 이런 질문을 매일 수시로 자신에게 던지는 사람은 사고의 깊이가 남다를 수밖에 없습니다. 핵심 메시지가 글의 중심을 잃지 않도록 도와주듯이, 인생 목표와 존재 가치는 삶의 중심을 잡아줍니다. 수많은 선택과 판단과 결정으로 살아갑니다. 그 많은 선택 앞에서, 나름의 중심과 가치관이 없다면 흔들리고 위태로울 겁니다.

저는 한 때, 돈이 전부라는 생각으로 살았습니다. 제 인생에서 돈이 가장 중요하다고 믿었지요. 가족이고 친구고 다 필요 없었습니다. 그런 건 나중에 돈 많이 번 후에 챙겨도 된다고, 지금은 오직 돈만 많이 벌면 된다고 생각했습니다. 돈 많이 벌었습니다. 그런데 만족할 수가 없었습니다. 자꾸만 더 많이 벌고 싶다는 욕구가 저를 자극했습니다. 한계 효용의 법칙이란 말이 있습니다. 많이 가지면 기쁘고 행복하지만, 그 기쁨과 행복은 오래 가지 못하고 결국 더 많이 갖고 싶은 욕구가 생겨난다는 뜻입니다. 만족하지 못하고 행복하지 못하니까 쫓기는 마음으로 조급하게 살게 되었습니다. 결국 저는 모든 것을 잃고 세상의 바닥으로 추락하고야 말았지요.

핵심 메시지가 얼마나 중요한지 글을 쓰면서 알았습니다. 인생의 목적과 존재 가치를 신중하게 정해야 한다는 사실도 그 때 처음 깨달았습니다. 지금 제 인생 목적은 '글로써 타인을 돕는 삶'입니다. 저의 존재 가치는 '사람들이 자신의 삶을 글에 담아 세상을 이롭게 하는 책을 펴내도록 돕는 존재'입니다. 이렇게 목적과 존재 가치를 정해놓고 나니까, 무슨 일을 하든 중심이 딱 잡힙니다. 선택의 기로에서, 이것이 나의 인생 목적과 존재 가치에 부합하는가 질문하고, 부합하면 밀어붙이고 아니면 고개를 돌립니다. 지극히 단순하지요. 삶이 가벼워졌습니다. 쓸데없는 곳에 에너지를 낭비하지 않으니까 하루 네 시간 수면으로도 멀쩡하게 잘 살아가고 있습니다.

글을 쓸 때는 핵심 메시지부터 정하세요. 인생 목적과 존재 가치도 명확하게 세우길 바랍니다. 글을 쓸 때 독자에게 뭐 하라고 시키거나 권유하는 거 딱 질색입니다. 그럼에도 이것만큼은 꼭 권하고 싶습니다. 제 삶을 바꾼 원동력이기 때문입니다.

집중과 몰입

책의 구성은 이렇습니다. 한 편의 글이 모여 하나의 챕터를 이루고, 몇 개의 챕터가 모여 한 권의 책이 되지요. 가장 작은 단위 한 편의 글을 '한 꼭지'라고 표현합니다.

책 한 권은 몇 개의 주제로 이루어질까요? 질문이 우습지요? 당연히 하나의 주제입니다. 그렇다면 하나의 챕터는 몇 개의 주제로 이루어질까요? 단연코 하나의 주제입니다. 마지막으로, 한 편의 글은 주제가 몇 개일까요? 네, 맞습니다. 하나의 주제로 써야 합니다. 주제는 작가가 전하려는 핵심 메시지라고 했습니다. 핵심 메시지 하나가 한 편의 글을 완성합니다. 몇 편의 글이 모여 커다란 또 하나의 주제를 이루는 것이 챕터입니다. 챕터 여러 개가 모여 더 큰 대주제를 전하는 것이 책 한 권입니다. 저는 지금까지 말씀드린 이 모든 내용을 "책쓰기 하나의 법칙"이라고 정의합니다.

법칙이라는 말에 유념해야 합니다. 반드시 지켜야 한다는 의미입니다. 한 편의 글을 쓰면서 주제가 두 개 또는 그 이상이 될 경우, 횡설수설 또는 중구난방이 될 수밖에 없지요. 오직 하나의 메시지를 전하기 위해 이를 뒷받침하는 경험과 사례 및 각종 자료를 이용하는 겁니다. 피라미드를 생각하면 이해가 쉽겠지요. 맨 꼭대기에 핵심 메시지가 있고, 그 아래쪽을 떠받치는 모든 구조물은 핵심 메시지를 뒷받침하는 근거이자 사례가 되어야 합니다.

이렇게 완성한 한 편의 글을 카테고리별로 묶으면 하나의 장이 됩니다. 총 40~50개 정도의 글이 모이면 한 권의 책이 되는 것이죠. 경우에 따라 구성 방식에는 차이가 있을 수 있습니다. 하지만, 초보 작가의 경우 필력이 상당하지 못하기 때문에 이런 구성을 택하는 것이 집필하기 수월합니다.

하나의 법칙은 인생에도 똑같이 적용됩니다. 특히, 요즘 같은 세상에는 집중과 몰입이 어느 때보다 중요합니다. 제 지인 중에는 이런 사람이 있습니다. 어느 날, 친한 친구가 작가가 되었다는 소식을 들었지요. 그러자 자기도 당장 작가가 되겠다며 주먹을 불끈 쥡니다. 온 식구들한테 작가가 되겠다며 선포를 하고, 글 쓰는 시간 방해하지 말라며 엄포를 놓기도 했습니다. 며칠 후, 그녀의 큰딸이 유튜버에 관한 이야기를 했다고 합니

작가의 인생 공부

다. 지인은 자신의 큰딸이 하는 말을 듣고서 당장 유튜버가 되겠다며 조명 기기와 마이크를 구입했습니다. 또 며칠 후, 지인의 남편이 온라인 마케터에 관한 소식을 전했다고 하네요. 이번에도 지인은 온라인 마케터가 꿈이라며 큰소리치기 시작했습니다. 어쩌다가 제 강의를 들었습니다. 이번에는 다 때려치우고 강사가 되겠다며 난리입니다.

주식, 부동산, 비트코인, 작가, 강연가, 스마트 스토어, 경매, 공매, 전자책, 네트워크, 중고 거래 등등 거의 모든 분야에서 '성공할 수 있다'는 광고를 하고 있습니다. 지금은 그야말로 '다 좋은 시대'입니다. 무엇을 하든 돈 많이 벌 수 있다고 하고, 어떤 일을 하든 성공할 수 있다며 부추기는 세상이지요.

여기저기 세상 사람들 말에 휘둘리지 말고, 자기 중심을 가져야 할 때입니다. 무엇을 하든 잘 할 수 있는 세상이니까, 한 가지를 딱 골라서 집요하게 물고 늘어져야 합니다. 처음에는 성과도 잘 나오지 않고, 내가 지금 이걸 왜 하고 있나 싶은 생각도 들 겁니다. 하지만, 절대 멈추지 말고 묵묵히 계속하면 그 시간과 노력만으로도 콘텐츠가 될 수 있습니다. 어느 정도 자리를 잡았다 싶으면, 그때 가서 또 새로운 뭔가를 시도하면 됩니다. 한 우물을 파는 시대는 갔다고 말하는 사람도 있는데요. 물론, 여러 가지 일을 다 잘하면 좋겠지요. 허나, 무엇 하나 제대로 결실도 맺지 않은 채 자꾸만 다른 곳을 살피며 우왕좌왕

하는 것에 비하면 차라리 한 우물을 파는 게 낫다는 것이 저의 생각입니다.

어떤 일이든 신뢰가 가장 강력한 무기입니다. 신뢰의 바탕은 반복이지요. 꾸준한 반복으로 정체성을 만들면 굳이 돈 들여 마케팅하지 않아도 사람들이 알아줍니다. 매주 수요일 오전과 야간, 목요일 야간, 토요일 아침, 이렇게 네 번에 걸쳐 강의합니다. 매월, 매주, 예외가 없습니다. 해당 요일 그 시간이 되면 그냥 강의합니다. 제 자신과의 약속이기도 하고 수강생들과의 약속이기도 하지요. 옆도 뒤도 돌아보지 않고 매주 똑같은 요일 똑같은 시간에 강의를 하니까, 이제는 수강생들로부터 강한 신뢰를 받고 있습니다. 자연히 소개도 많이 해주고요. 돈 들여서 마케팅한 적 한 번도 없는데 7년 동안 꾸준히 신규 수강생이 늘어나고 있습니다. 이래도 한 우물을 파는 세상이 아니라는 소리가 나올까요?

사람의 뇌는 한 번에 두 가지 일을 동시에 할 수 없도록 만들어져 있다고 합니다. 동시에 하는 것처럼 보이지만, 사실은 짧은 순간에 이 일과 저 일을 오가는 것이죠. 집중과 몰입은 뇌의 본성과도 맞아 떨어진다는 얘기입니다. 레이 달리오는 자신의 저서 《원칙》에서 일의 결과에 대해 언급했습니다. 어떤 일이든 1차 결과가 있고, 그 다음에 2차 또는 3차 결과가 있다고 했지요. 예를 들어, 운동을 하는 경우 1차 결과는 힘들고 어렵고 쑤시고 아픈 증상입니다. 2차 결과는 건강하고 튼튼한 몸이죠. 그런데 대부분의 사람들은 1차 결과에만 연연하여 운동을 포기한다고 합니다. 운동뿐만 아닙니다. 1차 결과는 시작 단계이기 때문에 썩 좋지 않습니다. 참고 지속하여 시간과 노력이 누적되어야만 2차 또는 3차 결과를 만날 수 있습니다.

자신의 강점과 특성에 맞는 한 가지 일을 정하고, 누가 무슨 말을 해도 흔들리지 않으며 꾸준히 지속해 나아갈 때 비로소 우리가 원하는 결과를 만날 수 있습니다. 여기저기 기웃거리거나 남의 성과만 부러워하지 말고, 오직 자신을 믿는 마음으로 한 걸음씩 나아갔으면 좋겠습니다. 하나의 법칙이야말로 성공의 근간이라고 확신합니다.

쓰고 싶은 글을 읽고 싶은 글로

'나'를 돌아보는 시간

"어떤 글을 써야 합니까?"라는 질문에는 여러 가지 답변이 있을 수 있겠지만, 딱 한 마디로 요약하라면 이렇게 답하고 싶습니다.

"당신이 읽고 싶은 글을 쓰세요!"

맨 처음에는 지극히 감성적이고 따뜻한 '토닥토닥' 글을 쓰고 싶었습니다. 가족과 떨어져 세상 뒤편으로 밀려났을 때, 매일 눈물 흘리며 아파했습니다. 그 시절, 제게 위로가 되었던 책이 몇 권 있는데요. 김애란 작가의 《비행운》, 공지영 작가의 《빗방울처럼 나는 혼자였다》, 이석원 작가의 《보통의 존재》, 마틴 슐레스케의 《가문비 나무의 노래》, 김혜자님의 《꽃으로도 때리지 말라》 등, 이 외에서도 다양한 감성 에세이가 제 마음을 적셔주었습니다. 저도 이런 분위기의 글을 쓰고 싶었습니다. 힘들고 어려운 사람들에게 위로와 공감을 전해주고, 그들의 마음을 따듯하게 감싸주고 싶었지요.

노력해 보았는데요. 잘 되지 않았습니다. 우선, 제 말투가 좀 거친 편이거든요. 대구 토박이인데다가 사업 실패 후 술만 퍼마시며 바닥에서의 생활을 한 탓에 투박한 말투가 습관이 되어버린 것이죠. 말을 할 때는 서로 마주보며 표정과 억양과 제스처를 동시에 이용할 수 있기 때문에 오해와 편견을 줄일 수가 있습니다, 하지만 글은 달랐지요. 물을 벌컥벌컥 들이켜는 사람이 갑자기 훌쩍거리려니 어색하기 짝이 없었습니다. 막 노동판에서 삽질하고 벽돌 나르던 제가 독자들에게 밤하늘의 별을 이야기하려니 쑥스럽고 민망해서 견딜 수가 없었습니다.

그러던 차에 토니 라빈스와 보도섀퍼, 브라이언 트레이시, 존 맥스웰 같은 사람들이 쓴 책을 읽게 되었습니다. 흔히 '자기계발서'라고 하지요. 속이 다 시원했습니다. 꾸미는 말도 없고, 에둘러 우회하는 표현도 없었습니다. 직설적이었습니다. 가감 없이 돌직구를 날렸고, 팩트를 폭격했으며, 마치 제 앞에서 고함을 지르는 듯했습니다. 감성 에세이에서는 "괜찮다"고 하는데, 자기계발서에서는 "정신 똑바로 차려야 한다!"고 했습니다. 감성 에세이는 어깨를 '토닥토닥' 해주는데, 자기계발서에서는 '등짝을 후려치는' 느낌이 들었지요.

물론, 세상에는 감성 에세이와 자기계발서 외에도 다양한 장르의 책이 있습니다. 어떤 종류든 상관없이, 저는 쿵! 하고 내려찍는 글이 더 마음에 들었습니다. 그때부터 결심했습니다. 내가 만약 글을 쓰고 작가가 된다면, 나는 누구보다 진실하게 '모진 소리'를 똑 부러지게 하는, 그런 작가가 되어야겠다고 말입니다.

어떤 글을 써야겠다 방향도 잡았으니, 마구 쓰기 시작했습니다. '예쁘고 감성적인' 표현을 쓰기 위해 애쓰지 않고, 제 말투 글투 있는 그대로 썼습니다. 쓰는 동안 기분도 좋고, 글 쓰는 맛도 났지요. 아! 이래서 다들 글을 쓰는구나 싶었습니다. 매일 몇 시간씩 글을 써도 피곤한 줄 몰랐고, 앞으로 평생 글 쓰면서 살고 싶다는 생각마저 들 정도였습니다. 문제는, 두 달쯤 지난 후에 발생했습니다.

책도 많이 읽고 글도 제법 쓸 줄 아는 친구가 있었지요. 아주 친하게 지낸 건 아니지만, 그래도 가끔 연락을 주고받았습니다. 우연한 기회에 그 친구랑 술을 한 잔 하게 되었습니다. 마침 잘됐다 싶어서, 스마트폰으로 제가 쓴 글을 다운받아 보여주었습니다. 누구나 하는 말을 저도 친구에게 했습니다. "있는 그대로 숨김없이 말해줘. 받아들일 준비가 되어 있어."

한참 동안 제 글을 읽은 친구는, 스마트폰을 옆에 내려놓고는 소주잔을 입안에 털어넣었습니다. 그러고는 피식 웃으며 제게 물었지요. 정말 있는 그대로 솔직하게 말해도 되냐고 말이죠. 저는 당연히 그렇게 해주길 바란다며 친구 앞으로 바짝 다가가 앉았습니다. 친구는 제 아버지와 똑같은 말을 했습니다.

아침 식사를 하는 중에 정치인들 얘기가 나왔습니다. 왜 그랬는지 기억이 나지 않습니다만, 그 날 아침에 저는 거의 미친 사람처럼 열변을 토했지요. 이 나라가 잘 되려면 정치인들부터 싹 다 바꿔야 한다, 맨날 서로 물고 뜯고 싸우기만 하니 나라꼴이 제대로 될 리가 있나, 야당 여당을 떠나 국민부터 챙겨야 하는 것 아닌가, 나는 죄를 지었다는 이유로 감옥까지 다녀왔는데 저들은 나보다 훨씬 더한 죄를 지었는데도 어찌 저리 멀쩡하게 사는가, 정의를 지켜야 한다, 물가를 잡아야 한다, 과거에 발목 잡히면 안 된다…… 청산유수였습니다. 마치 군중 앞에서 연설을 하는 사람처럼 목소리를 높였지요. 어머니와 아내는 '왜 저러냐'는 눈빛으로 저를 쳐다보았고, 밥상 분위기는 무거웠습니다. 일장 연설을 마친 저는, 속이 시원하다는 표정으로 밥을 먹기 시작했지요. 그때 아버지가 고개도 들지 않은 채 국을 드시면서 한 말씀 하셨습니다. "그렇게 잘난 놈이 감빵에는 왜 갔냐."

제가 쓴 글을 다 읽은 친구는 소주 한 잔을 입안에 털어 넣고는 저를 바라보며 이렇게 말했습니다. "이 글을 읽어 보니까,

세상에서 네가 제일 잘난 놈 같아."

'있는 그대로 쓰는' 것에만 몰입하다 보니, 제 자신을 돌아보지 못했던 것이지요. 그동안 저는 '공자님 말씀'만 쏟아부었던 겁니다. 글이란, 어떠한 경우에도 글 쓰는 사람의 삶이 녹아 있어야 합니다. 경험과 진실. 두 가지 빠지면 글이 아니지요. '긍정적으로 생각해야 한다!'라는 메시지를 전하기 위해서는, 작가 자신이 긍정에 관한 경험을 갖고 있어야 합니다. 머릿속으로 생각만 하는 그런 경험이 아니라, 부정적으로 생각했을 때 좋지 않은 경험이나 긍정적으로 생각했을 때의 좋았던 경험을 떠올려야 한다는 말이지요. 글을 한 줄도 쓰지 않는 사람이 '글을 써야 한다'는 내용의 책을 쓸 수는 없습니다. 쓴다 하더라도 그것은 거짓이 됩니다. 자신을 돌아보고, 때로 겸손한 자세로 글을 쓰기도 하고, 또 때로는 큰소리를 뻥뻥 칠 수도 있어야 합니다. 반성과 성찰, 주장, 의견, 뒷받침 등이 고루 섞여야 좋은 글이 될 수 있는 법이지요.

세상에는 잘나기만 한 사람도 없고 못되기만 한 사람도 없습니다. 누구나 장점과 단점을 갖고 있게 마련입니다. 진실한 글이란, 장점과 단점을 있는 그대로 드러낼 수 있는 글입니다. 아무리 좋은 내용이라도 작가의 진실한 삶이 그대로 담겨 있지 않다면 독자로부터 외면 받을 수밖에 없습니다. 독자들에게 정신이 번쩍 드는 글을 전하겠다는 목표에만 빠져 제 자신을 돌아보지 못했습니다. 그러니 세상 잘난 사람처럼 쓰고야 만 것이죠. 저 같은 사람이 쓴 글을 제가 읽는다면, 두 페이지도 읽지 않고 책을 탁 덮어버렸을 겁니다. 잘났다고 우기는 글, 재수 없거든요.

어떤 글을 쓸 것인가? 제가 읽고 싶은 글을 쓰고자 합니다. 날카로운 비판과 현실을 직시하는 당당한 글. 그러면서도 자신을 돌아보고 성찰하는 글. 성공 체험은 겸손하게, 실패 경험은 솔직하게. 글은, 삶이니까요.

방법보다 목적

"무엇을 써야 합니까?" "어떻게 써야 합니까?" 글쓰기·책쓰기를 배우러 온 사람들이 가장 많이 하는 두 가지 질문입니다. 7년째 글쓰기를 가르치고 오백 명이 넘는 작가를 배출했지만, 여전히 딱 부러지게 답하기 힘든 내용입니다. 살아온 인생이 다를 테고, 각자의 생각도 있을 겁니다. 사람마다 인생이 다른데 무엇을 어떻게 써야 하는지 명료하게 답하는 것이 당연히 어려울 수밖에 없지요.

그럴 때마다 질문을 바꿔 도로 묻습니다. "글을 쓰려는 이유가 무엇입니까? 왜 책을 쓰려고 합니까?" 지금까지 한 번도 이 질문에 명쾌하게 답을 한 사람이 없었습니다. 글쓰기의 시작은 What 또는 How가 아니라, "왜?"라는 질문입니다.

맨 처음 글을 쓸 때 저의 목적은 '돈'이었습니다. 모든 것을 잃었으니, 글 쓰고 책 출간해서 베스트셀러 작가가 되면 재기할 수 있을 거라 생각했지요. 그러니까 저는, 글을 쓰는 것에는 진심이 없었고, 오직 돈을 벌기 위한 수단으로서의 글쓰기만 생각했던 겁니다. 잘 쓸 리 만무했고, 독자들에게 진심이나 메시지 따위 전할 수 있을 거라는 기대조차 할 수 없었지요.

글을 쓰기 시작한 지 일 년쯤 지났을 때, 스스로에게 질문했습니다. '나는 왜 쓰고 있는가?' '나는 왜 글을 쓰는가?' '누구를 위해서?' '무엇을 위해서?' 아! 그때의 당황스러운 심정은 말로 표현하기 힘듭니다. 무려 일 년 동안이나 매일 글을 썼는데, 왜 쓰는지조차 모르고 썼다니. 돈을 벌기 위해서. 이 짧은 한 줄의 답변이 저를 얼마나 초라하고 옹색하게 만들었는지 지금도 그때의 기분이 생생할 정도입니다.

아버지한테 편지를 썼습니다. 침묵. 당신의 침묵이야말로 제게 가장 큰 힘이 되었다는 사실을 전하고 싶었습니다. 아버지는 제게 위로도 격려도 하지 않았습니다. 다 잘 될 거라는 희망 고문도 하지 않았고, 건강하게 돌아오라는 말씀도 없었습니다. 오직 입을 다물고 계실 뿐이었지요. 아버지는 저한테 산이었습니다. 묵직하게 울려오는 침묵 덕분에, 저는 견딜 수 있었습니다. 그 마음을 전하고 싶었습니다. 당신의 아들은, 비록 실패로 인해 세상 밖으로 밀려나 있지만, 시련과 고통으로 좌절하고 절망하는 일은 결코 없을 거라고, 반드시 내 삶을 다시 찾을 거라고, 그리고 감사드린다고…… 편지를 쓰는 동안 행복했습니다.

매일 일기도 썼습니다. 제 자신에게 편지를 쓰는 것이나 다름없었지요. 굽히지 말자고 적었습니다. 눈물도 그만 흘리자고 썼습니다. 손목에 힘이 들어갔습니다. 어느 누구에게 받는 응원보다 더 강렬했습니다. 제가 일기를 쓰는 목적은 살아내기 위함이었습니다. 여전히 제가 건재하다는 사실의 증명이었지요. 생명수와도 같았습니다. 덕분에 저는 다시 살았고, 지금도 틈만 나면 일기는 신의 축복이라며 주변 사람들에게 권하고 있습니다.

글을 쓰는 것은 쉽지 않았습니다. 하지만, 아버지한테 편지를 쓰거나 일기를 적는 것은 생각보다 수월했습니다. 무엇보다 분량을 쉽게 채웠습니다. 보통은 한 편의 글을 쓰는 데 세 시간쯤 걸렸는데요. 아버지한테 편지를 쓰거나 일기를 쓰는 데에는 한 시간이면 충분했습니다. 때로 지면이 모자라 종이를 추가하기도 했습니다.

무슨 차이가 있었을까요? 네, 맞습니다. 글을 쓰는 이유였습니다. 목적이 뚜렷하니까 쓰는 게 덜 힘들었습니다. 무슨 말을 어떻게 해야 할지 전혀 고민하지 않아도 술술 써지는 듯했

　　　　　　　　　　　　　작가의 인생 공부

습니다. 말하는 것처럼 쓴다는 것이 이런 의미이구나 느낄 수 있을 정도였지요. 내 글을 읽는 아버지 마음이 이러했으면 좋겠다, 편지 쓰는 목적이 핏빛보다 선명했습니다. 일기를 통해 마음을 굳건히 하고, 징징거리는 습관 뿌리 뽑고, 고난과 역경을 극복하는 멋진 '나'로 거듭나겠다는 목적이 뚜렷했습니다. 일기 쓰는 것이 하나도 부담되지 않았고, 오히려 쓰는 시간을 기다리게 되었습니다.

인생도 마찬가지입니다. 무엇을 해야 하는가? 어떻게 살아야 하는가? 이런 질문도 철학적이고 좋습니다만, 무엇보다 "왜?"라는 질문을 던져야 합니다. 나는 왜 살아가는가? 나의 존재 가치는 무엇인가? 나는 누구를 도울 것인가? 그들에게 무엇을 줄 수 있는가? 그것이 나에게 어떤 의미인가? 이 모든 질문이 "왜?"라는 한 글자에서 비롯됩니다. "왜?"라는 질문은 그 자체만으로 나와 내 삶의 목적의식을 갖게 합니다. 항공기 조종사가 가장 먼저 하는 일은 목적지 설정입니다. 이륙부터 착륙까지 98퍼센트 항로를 이탈하지만, 그럼에도 예외없이 목적지에 정확히 도착하는 이유는 바로 '목적지 설정' 덕분이지요.

한 편의 글을 쓸 때마다 자신에게 질문해야 합니다. 내가 이 글을 쓰는 이유는 무엇인가? 누구에게 무슨 말을 전하는 것인가? 그들을 어떻게 도울 것인가? 내 글을 읽은 독자가 변화할 수 있는가? 그들의 마음을 움직이고 행동에 이르게 하기 위해서 어떤 사례를 어떤 표현으로 어떻게 정리할 것인가? 질문에 대한 답을 생각하다 보면, 1.5매짜리 한 편의 글을 쓰는 것이 결코 어려운 일이 아니란 사실을 경험하게 될 겁니다.

목적 없는 삶은 허무합니다. "왜?"라고 묻지 않은 채 그냥 쓰는 글은 공허합니다. '닥치고 쓰라'는 말은 손가락을 멈추지 말고 마구 쓰라는 뜻이지, 아무 생각도 목적도 없이 무조건 백지만 채우라는 뜻이 아닙니다. 혹시 지금 글을 쓰고 있다면, 오늘 한 편의 글을 쓸 작정이라면, 그 글을 왜 쓰는지 생각해 보는 시간을 꼭 가졌으면 좋겠습니다.

마지막 한 줄까지

조급함을 내려놓고

　초보 작가 중에도 제법 글을 잘 쓰는 사람이 있습니다. 아니, 정확히 말하면 온 정성을 다 쏟았구나 싶은 글이라고 표현해야겠지요. 다 쓴 글을 읽지만, 쓰고 있는 작가가 보이는 듯합니다. 그런 글을 좋아하고요. 이 부분에서 고심을 많이 했겠구나, 여기에서 눈물을 흘렸을지도 모르겠다, 앞으로는 이렇게 살아가려 하는구나…… 글을 쓴 경험이 저보다 한참 부족한데도, 그런 사람의 글을 읽을 때마다 배워야겠다는 생각이 들곤합니다.

　한 가지 아쉬운 점이 있습니다. 제법 잘 쓰는 사람이든 그렇지 못한 사람이든 다 마찬가지인데요. 1.5매 분량 한 편의 글을 읽다 보면 끝으로 갈수록 뭔가 급한 일이 있었나 싶은 생각이 듭니다. 갑자기 바쁜 일이 있어서 글을 쓰다가 급히 마무리했다는 느낌을 지울 수가 없습니다. 한 번씩 전화해서 물어보

곤 하는데요. 바쁜 일 따위 전혀 없었다고 합니다. 한두 번이면 그냥 넘겼을 텐데, 대부분 수강생이 비슷한 현상을 보인다는 점에서 심각한 문제가 있다고 판단했습니다.

첫째, 쓰는 행위 자체를 즐기는 것이 아니라 분량을 채워 끝내기에만 급급하기 때문입니다. 독자 입장에서 보자면, 한 편의 글 중에서 어디에 가장 관심이 쏠릴까요? 당연히 마지막 입니다. 영화나 드라마도 결말이 중요하지요. 글도 마찬가지입니다. 전하고자 하는 핵심 메시지도 마지막에 선명히 드러나는 경우가 많거든요. 그런데 작가의 마음이 조급해서 어설프게 결론을 지었다는 느낌이 들면 독자는 실망할 수밖에 없습니다. 마음을 차분하게 가라앉히고, 마지막으로 갈수록 크게 호흡하며 느긋할 수 있어야 합니다. 독자에게 한 줄이라도 더 정성껏 메시지를 전하겠다는 생각으로 손가락에 힘을 주어야 하는 곳이 바로 마지막 부분입니다.

둘째, 메시지 자체가 명확하지 않기 때문입니다. 한 편의 글을 통해 무슨 말을 전할 것인가? 이 질문에 대한 답이 선명한 경우에는 마무리도 깔끔합니다. 하지만, 하고자 하는 말이 불분명하거나 아예 정리되지 않은 경우에는 횡설수설 방향도 없이 끝나기 일쑤지요. 다 읽었는데 남는 게 없다, 독자는 이렇게 생각할 겁니다. 이런 현상을 막기 위해서는, 글을 쓰기 시작하기 전에 핵심 메시지를 한 줄 적어놓는 습관을 가져야 합니다. 수첩도 좋고 낙서장도 좋습니다. 글을 쓰는 동안 고개만 돌리면 볼 수 있는 곳에다 딱 붙여놓고, 수시로 메시지를 확인하면서 쓰면 글이 산으로 가는 오류를 막을 수 있습니다.

셋째, 독자가 아니라 작가 입장에서만 글을 쓰기 때문입니다. 하고 싶은 말이 있고 전하고 싶은 메시지가 있다는 것은 잘 압니다. 하지만 그것은 작가 생각이고요. 독자는 작가의 입장을 배려하지 않습니다. 사람은 누구나 자신이 무엇을 가져갈 수 있는가에만 관심을 갖게 마련이지요. 작가는 독자를 배려해야 합니다. 독자 덕분에 작가가 존재하는 것이니까요. 적어도 한 줄 정도는 독자가 밑줄을 그을 수 있도록, 마지막으로 갈수록 문장 하나하나에 더 정성을 쏟아야 합니다.

글을 쓸 때 마지막이 중요하듯이, 인생 모든 일 다 마찬가지입니다. 조급한 마음으로 성공한다는 얘기는 들어본 적 없습니다. 적절한 긴장과 속도로 일하는 것과 급하게 마구 달리는 것은 전혀 다른 얘기지요. "책 한 권 쓰는 데 얼마나 걸려요?" 이런 질문을 하는 사람이 생각보다 많습니다. 질문 자체가 잘못되었습니다. 자신이 글 쓰는 속도에 달렸지요. 그게 전부입니다. 어떤 사람은 두 달 만에 쓰기도 하고, 어떤 사람은 2년 만에 쓰기도 합니다. 문제는, 처음 시작할 때는 기간에 대해 질문도 하고 관심도 많았던 사람이 막상 쓰기 시작하면 세월아 손을 놓고 지낸다는 사실입니다. 언제까지 초고를 완성하겠다 선전포고(?)를 하는 사람도 마찬가지입니다. 결심을 공표할 때만 해도 집필에 여념이 없을 것 같이 보이지만, 그런 사람이 원고를 마감하는 경우는 잘 보지 못했습니다. 시작은 뜨겁지만 끝은 차갑다는 뜻입니다. 시작은 창대하지만 끝은 미비하다는 의미지요. 용두사미라는 말이 있습니다. 작삼삼일이라고도 하고요. 끝이 좋지 않으면 모두가 부질없는 일입니다. 결과를 말하는 게 아닙니다. 매듭을 지어야 한다는 뜻입니다.

글을 쓰다 보면, 생각보다 잘 써지는 날이 있고 그렇지 못한 날도 많습니다. 저 유명한 글쓰기 코칭의 대가 나탈리 골드버그조차 자신의 저서 《뼛속까지 내려가서 써라》에서 "형편없는 글을 쓸 수도 있다고 생각하라"고 말할 정도니까요. 부족할 수 있습니다. 모자랄 수 있습니다. 우리는 초보 작가니까요. 자신의 실력을 있는 그대로 인정하는 것도 배움과 성장에 꼭 필요한 태도입니다. 그러나 정성을 쏟지 않고 게을리하는 태도는 용납할 수 없습니다. 차라리 쓰지 않는 편이 낫습니다. 그러면 독자한테 실망을 주지는 않을 테니까요. 글 쓰는 사람은 독

작가의 인생 공부

자한테 평가도 받고 공감도 받고 미움도 받습니다. 어떤 말을 듣더라도 스스로 최선을 다했다는 생각을 가지면 아무 문제될 것이 없습니다. 자신에게 당당한 사람은 세상과 타인에 의해 흔들리지 않기 때문이죠.

마지막으로 갈수록 더 정성을 기울여야 합니다. 어떤 일이든 시작과 끝이 똑같아야 합니다. 마음의 여유를 갖고, 한 줄이라도 더 살피고, 어떻게든 돕겠다는 의지로 글을 쓴다면, 인생도 점점 더 좋아질 겁니다.

잘 쓰려고 하지 마라

내려놓기

잘 쓸 줄 아는 사람은 잘 쓰면 됩니다. 그게 최고지요. 잘 쓸 줄 알지만 못 썼다 싶을 땐 여러 번 고쳐 쓰면 됩니다. 마음에 들 때까지 고치고 다듬다 보면 완성도 높은 글을 쓸 수가 있겠지요. 그렇다면 잘 쓸 줄도 모르고, 잘 썼는지 여부를 판단하는 힘도 부족한 초보 작가는 어떤 마음으로 써야 할까요?

글 쓰는 방법을 모르니 잘 쓰려고 노력해도 별 성과가 없을 겁니다. 글을 볼 줄도 모르니 자신이 어느 정도 수준으로 썼는지 판단하기도 힘들 테지요. 지금까지 제가 한 얘기에 동의할 수 있는지 다시 한 번 찬찬히 읽어 보시기 바랍니다.

네, 맞습니다. 아프지만, 팩트입니다. 글을 처음 쓰는 사람은 잘 쓰는 방법도 모르고 글을 볼 줄도 모릅니다. 이런 상황에서 '잘 쓰려는 노력'을 기울인다는 것은 말이 되지 않습니다. 노력이란, 적어도 어떤 방법을 알 때 쓰는 말입니다. 아무

것도 모르는 사람은 노력 자체를 할 수가 없습니다. 그래서 저는 "그냥 쓰라"고 말합니다. 애를 쓰지 말라는 뜻입니다. 인상을 찡그리고 어깨에 힘을 잔뜩 주고 머리에 띠를 두르고 주먹을 불끈 쥔 채 글을 쓰는 것, 저는 반대합니다. 저도 처음에 글을 쓸 때 '온 힘을 다해 노력'했습니다. 결과는 어땠을까요? 세상 근심 짊어진 사람처럼 인상 구겨 쓴 글과 실실 웃으며 쓴 글의 수준이 똑같았습니다. 악을 쓴다고 해서 더 나아지는 건 아무것도 없었습니다.

잘 쓰고 싶은 마음이야 누구나 같겠지요. 글 쓰는 사람 중에서 못 쓰고 싶은 사람이 어디 있겠습니까? 하지만, 글이라는 게 잘 쓰고 싶다고 해서 마음대로 써지는 그런 종류의 일은 아니거든요. 상당한 시간과 배움과 연습과 훈련이 필요합니다. 글쓰기 실력을 향상시키기 위한 훈련의 순서가 따로 있지는 않겠습니다만, 굳이 정리를 해 보자면 아래와 같습니다.

1단계

빈 종이에 하고 싶은 말을 무엇이든 적어 본다. 예를 들어 '사과'에 대한 글을 쓴다고 가정하면, 자신이 알고 있는 사과에 관한 모든 기억을 끄집어낸다는 생각으로 마구 쓰는 것이다. 사과의 종류, 사과의 맛, 함께 사과를 먹은 사람들, 가족, 친구, 사과 농사짓던 할아버지, 사과맛 음료수 등 어릴 적부터 기억을 더듬어 모조리 적어 본다.

2단계

자신이 쓴 글을 읽으면서 중복되는 내용을 찾아 지운다. 틀림없이 비슷하거나 같은 내용이 반복되었을 것이다. 글을 쓸 때 중복은 치명적이다. 독자는 똑같은 얘기를 두 번 읽느라 시간과 노력을 낭비할 이유가 없다. 겹치는 내용은 무조건 지운다.

3단계

사과에 대한 이야기 중에서 중요하다고 생각되는 내용 2~3개만 남기도 모조리 지운다. 그렇다. 모조리 지우는 것이다. 아깝다. 쓰느라 고생한 것이 억울하고 원통하다. 그럼에도 양보할 수 없다. 지워야 한다. 싹 다 지우고 중요한 내용만 남았다면, 이제 마지막 남은 글을 찬찬히 한 번 읽어 보라. 아마도 제법 괜찮은 글의 형태를 띄고 있을 것이다.

제가 이렇게 3단계로 나눠 설명한 이유는, 글을 쓰는 데 있어 필요한 것은 잘 쓰겠다는 욕심이나 악이 아니라 기술과 요령이란 사실을 강조하기 위함입니다. 단순한 구성, 템플릿, 기술, 요령 등을 익혀 연습부터 철저히 해야 합니다. 한 편의 글을 어느 정도 쓸 수 있게 되면, 그 때부터 자신만의 방식과 개성을 찾아도 늦지 않습니다. 덧셈 뺄셈을 배워야 곱셈 나눗셈도 할 수 있고, 사칙연산을 알아야 미분 적분도 할 수가 있습니다. 글쓰기 기본과 기초는 배울 생각도 하지 않고, 그렇다고 매일 꾸준히 연습도 하지 않으면서, 첫 줄부터 토지를 쓰려고 하니 어렵고 힘들 수밖에요.

글 쓰려는 사람들이 가장 듣기 거북해하는 말이 무엇인지 아십니까? '연습하라'는 말입니다. 책 집필하라고 하면 그래도 조금은 고개를 끄덕이지만, 매일 글쓰기 연습을 부지런히 하라고 하면 한숨부터 쉽니다. 글도 잘 쓰고 싶고 책도 내고 싶지만 연습은 하기 싫다는 말이요. 특히 글을 쓰는 과정은 쉽거나 재미있지도 않으니 '결실 없는 연습'을 반복하기가 마땅치 않을 수밖에 없습니다. 그럼에도 해야 합니다. 글을 쓰지 않으면서 글쓰기 실력을 향상시킬 수 있는 방법은 없습니다. 매일 일기도 쓰고 블로그 포스팅도 발행하고 짧은 기록이라도 남기는 습관을 길러야 합니다. 연습과 훈련의 반복을 통해 만들어지는 글쓰기 실력은 무너질 리 없습니다. 평생 써먹을 수 있습니다.

글쓰기 연습과 훈련의 좋은 점이 또 한 가지 있습니다. 막 써도 된다는 사실입니다. 키보드가 부서질 만큼 신나게 두들기는 겁니다. 가슴 속에 맺힌 응어리, 세상을 향한 절규, 속상한 마음, 분노, 원망, 좌절, 기쁨, 희열, 행복, 감탄, 감동 등 무엇이든 마구 끄집어내 확 쏟아버리는 것이죠. 잘 써야 한다는 강박을 내려놓는 순간 비로소 진실한 글을 쓸 수가 있습니다. 무슨 일이든 잘해야 한다는 압박에서 벗어나면 훨씬 너 잘할 수가 있지요. 우리를 긴장하게 만들고 얼어붙게 만들고 꼼짝 못하게 만드는 것은 '잘'이라는 한 글자에 불과합니다. 인생에서 '잘'이라는 부사를 지우는 순간, 인생은 잘 돌아가게 되어 있습니다.

인내와 끈기

영감靈感 : 신령스러운 예감이나 느낌, 창조적인 일의 계기가 되는 기발한 착상이나 자극(네이버 어학사전)

정확한 뜻을 찾아보았더니 위와 같이 정리되어 있더군요. 어떻습니까? 저런 일이 일어날 것 같습니까? 아니면 거의 일어나지 않을 것 같습니까? 신령스럽고 기발한 착상이나 자극이라…… 글쎄요, 제 삶에는 일어날 일이 없을 것 같습니다. 이처럼 희박하고 특별한 현상을 기대하고 기다리는 것은 어리석다는 생각까지 듭니다. 전 세계를 아울러 천재라고 일컬어지는 작가 중에는 '영감'을 받았다는 사람도 있을지 모르겠습니다. 그런 사람 만나면 신기한 눈으로 쳐다보며 악수를 청할 겁니다. 하지만 그게 전부입니다. 그 사람의 영감을 부러워하지는 않을 겁니다. 로또 복권 당첨 확률을 말하는 것과 별 차이가 없을 것 같기 때문입니다. 좀 부족하더라도 저는 그냥 제 실력대로 평범하게 글을 쓰고 싶습니다. 여러분은 어떻게 생각하십니까?

가만히 있는데, 하늘에서 영감이 뚝 떨어져 저절로 글이 막 써지는 경우가 있다면 좋을 것 같긴 합니다. 굳이 애쓰지 않아도 멋진 글을 쓸 수 있을 테니 말이죠. 하지만, 글을 쓰는 과정에서 중요한 것은 결과만이 아니란 사실도 명심해야 합니다. 책 한 권을 뚝딱 만들어 많은 사람들로부터 사랑받는다 하더라도, 스스로 뭔가 해냈다는 마음이 들지 않으면 그러한 쾌감은 결코 오래갈 수 없습니다. 힘들고 어려워도 참고 견디며 고민하고 인내하는, 그러면서 하나씩 극복해가는 모든 과정을 통틀어 '글쓰기'라고 부르지요.

가을에 관한 글을 한 편 쓴다고 가정해 봅시다. 우선, 생각나는 모든 것을 쏟아냅니다. 아버지 생각도 나고 친구와 다툰 일도 떠오릅니다. 포장마차에 앉아 전어구이와 함께 소주 한 잔 마신 기억도 나고, 친구와 영화 한 편 보면서 눈물 흘렸던 추억도 적습니다. 오래, 그리고 깊이 생각할수록 '가을에 대한 기억'은 더 많이 생각납니다. 내게 이토록 많은 가을 추억이 있었던가. 평소에는 전혀 알아차리지 못했던 온갖 기억들이 새록새록 나타나는 것이죠. 잊고 살았던 이야기가 떠오르는 것은,

작가의 인생 공부

가을에 대한 글을 쓰기로 결심하고 의도적으로 생각을 떠올리기 위해 노력했기 때문입니다. 처음에는 이런 노력을 위해 상당한 에너지를 사용해야 하지만, 몇 차례 반복하다 보면 어떤 주제나 소재에 관한 기억들이 자연스럽게 생각나기도 합니다. 그렇습니다. 저는 이런 현상을 '영감'이라 부르고 싶습니다. 어느 날 갑자기 하늘에서 뚝 떨어지는 신령스러운 느낌이 아니라, 스스로 의지를 발휘하고 노력하는 과정에서 생각나는 모든 것들. 영감은, 우리 스스로 만들 수 있다는 뜻입니다.

글 쓰는 법을 배우는 과정은 지난하고 힘듭니다. 하나를 배웠다고 해서 그 하나가 바로 적용되는 분야가 아니거든요. 수없이 반복해서 글을 써 보고, 머리와 손이 동시에 반응을 해야 비로소 '내 것'이 됩니다. 그렇게 배우고 익혀야 할 것이 한두 개가 아닙니다. 문법은 물론이고, 구성과 맥락, 주제, 소재, 구성, 문장력 등 다양한 요소를 잘 아우를 수 있어야 비로소 그럴듯한 글을 쓰게 되는 것이죠.

힘들고 어려운 시간을 참고 견디는 인내가 필요합니다. 당연히 힘들지요. 반면, 보람도 큽니다. 힘들다고 느껴진다면 제대로 가고 있는 겁니다. 만약 여러분 주변에 "글쓰기가 제일 쉬웠어요."라고 말하는 사람 있다면 그냥 속으로 웃어주세요. 잘못 쓰고 있는 거니까요. 막막하고 힘들다는 사람 있다면 두 손

꼬옥 잡아주세요. 그리고 응원과 격려도 해주시고, 동행이라는 말도 함께 전해주세요. 시극히 바른 길을 제대로 가고 있다는 증거니까요. 글쓰기·책쓰기 관련 도서를 수도 없이 읽었지만, 쉽다고 말하는 책은 한 권도 없었습니다. 아주 가끔, 글 쓰는 것이 그리 어렵지 않다고 말하는 책도 있긴 한데요. 그런 책도 읽어 보면 어렵게 느껴집니다. 말만 쉽다고 하고, 내용은 어렵다는 뜻이지요. 언젠가 책쓰기가 대단히 쉽다는 제목의 책을 본 적 있습니다. 그 작가, 평생 동안 그 책 한 권 달랑 냈더군요. 책쓰기가 그렇게 쉬운 일이라면 왜 지금까지 한 권밖에 쓰지 못했을까요. 아마도 작가나 출판사에서 책쓰기는 특별한 사람이 하는 것이 아니라 누구나 쉽게 할 수 있다고 독려하는 의도로 제목을 지은 듯합니다.

글을 쓴다는 것은 결코 쉬운 일이 아닙니다. 그럼에도 권하는 이유는, 그 어려운 길을 걷는 과정에서 얻는 것이 너무나 많기 때문이지요. 자신이 살아온 경험과 이야기를 통해 비슷한 처지에 있는 다른 사람을 도울 수 있다니요! 이런 가치를 어떻게 돈으로 환산하겠습니까. 본질을 알고 시작하면 힘들어도 버틸 수 있습니다.

참고 견디는 힘도 필요하지만, 매일 꾸준히 쓰는 끈기도 가져야 합니다. 하루 30분도 쓰지 않는 사람이 어떻게 작가가 되고 싶다는 말을 할 수 있겠습니까. 하루 30분도 읽지 않는 사람이 어떻게 힘들다 어렵다 말할 수 있을까요. 작가는 글 쓰는 사람입니다. 그러니, 날마다 잠시라도 글을 써야 합니다. 진료를 보지 않는 의사, 변호하지 않는 변호사, 가르치지 않는 교사, 일하지 않는 노동자, 연습하지 않는 국가 대표, 그리고 정치하지 않는 정치인…… 우리는 이런 사람들을 가리켜 위선자라고 부릅니다. 글을 잘 쓰고 싶다면 글을 써야 합니다. 인내와 끈기를 갖고 써야 합니다. 책을 내고 싶다면 글을 써야 합니다. 인내와 끈기를 갖고 써야 합니다. 혹시, 이보다 더 좋은 방법을 알고 있다면 당장 이 책을 덮고 그 방법대로 하세요. 제가 10년 동안 하루도 빠짐없이 글을 쓰고 책을 읽는 중인데, 아직 이보다 좋은 방법 찾지 못했습니다. 흔히 사람들이 '무식할 정도'라고 부르는 바로 이 인내와 끈기야말로 모든 일을 성취하고 성공할 수 있는 최고의 길이라고, 저는 확신합니다.

휘둘리지 않는 인생

사람을 참 힘들게 만드는 두 가지가 있습니다. 하나는 악성 댓글이고, 다른 하나는 뒷말입니다. 악성댓글이란, '다른 사람이 애써 만들어놓은 성과물에 침을 뱉는 행위'입니다. 뒷말이란, '앞에서는 말할 용기가 차마 없어서 뒤에서 수군거리는 비겁한 쫄보들의 집단 행위'입니다. 제가 내린 정의입니다. 다시 한 번 위 정의를 읽어 보시기 바랍니다. 신경 쓸 필요가 있을까요? 연연할 이유가 있겠습니까? 세상 불쌍한 사람들의 발악일 뿐입니다. 허허 하고 웃으며 넘겨도 아무 문제없습니다.

직장 생활을 하던 때에 만났던 두 사람이 아직도 기억납니다. 한 사람은 저보다 나이가 한참 많은 대선배였고요. 다른 한 사람은 저와 입사 동기였습니다. 제가 이 두 사람을 아직도 기억하는 이유는, 태도가 전혀 달랐기 때문입니다. 먼저 제 입사 동기에 대해서 말씀드리겠습니다. 이 친구는 입사 면접에서 점수를 많이 받았습니다. 자세한 내용은 기억나지 않지만, 어쨌든 회사에 대한 신랄한 비판과 수정/보완할 점에 대해 강하게 발표한 덕분에 면접관들이 패기와 열정을 높이 샀다고 하더군요. 결론부터 말씀드리면, 그 친구 2년 만에 회사 그만두고 연락마저 끊어졌습니다. 친구는 입사 후 2년 동안 '신랄한 비판과 수정/보완할 점에 대해서만' 계속 말하고 다녔습니다. 무엇을 어떻게 해야 한다는 구체적인 방법이나 실천은 전혀 없었지요. 그저 매일 출근해서 퇴근할 때까지 궁시렁거리기만 했습니다. 아무도 그 친구를 좋아하지 않았습니다. 좋아할 수가 없었지요. 무슨 일만 있으면 불평부터 쏟아내고, 회의를 했다 하면 트집만 잡고, 프로젝트를 시작했다 하면 투덜거리기만 했으니까요.

이번에는 저보다 나이가 한참 많았던 대선배에 대한 내용인데요. 지금도 보고 싶습니다. 배울 점이 많았거든요. 말수가 적었습니다. 늘 실행하고 계셨지요. 일이 잘못되면 바로잡았습니다. 바로잡아야 한다고 말만 하는 게 아니라, 실제로 자신이 나서서 바로잡았다는 말입니다. 회의를 할 때는, 누군가의 의견을 비판하거나 트집을 잡는 게 아니라 더 나은 방법은 없는지 모색했습니다. 당연히 회의 결과는 늘 발전적일 수밖에 없었고요. 저뿐만 아니라 많은 동료들이 그 선배를 존경했습니다. 제가 회사를 그만둔 다음 해에 이사(사업부장)로 승진했다는 소식이 신문에 실렸지요. 마지막으로 통화할 때 저를 응원해주던 목소리도 선명히 기억납니다.

악성댓글과 뒷말은 습관입니다. 그런 행동을 하는 이유는, 어릴 적부터 사랑을 받지 못해 가슴 한 구석에 구멍이 뚫려 있기 때문입니다. 어떻게든 사람들의 관심을 받고 싶은데 잘 되지 않으니까 '나쁜 짓'을 해서라도 시선을 끌려는 의도지요. 뒤에서 험담을 하는 동안, 자신은 무척이나 정의롭고 진실한 사람처럼 여겨질 겁니다. 사실은 비겁하고 용기 없는 패배자일 뿐인데 말이죠. 중요한 것은, 악성댓글과 뒷말을 습관적으로 하는 사람은 자신이 그런 짓을 하고 있다는 사실을 인식하지 못한다는 점입니다. 누가 옆에서 얘기해준다고 해서 달라질 사람들이 아니란 말이지요. 그렇다면 어떻게 해야 할까요? 스스로 깨우쳐야 합니다. 멈추고 생각해야 합니다. 우리 모두는 하루 한 번이라도 시간을 갖고, 혹시 내가 누군가의 마음을 다치게 하지는 않았는가 돌이켜보아야 합니다. 혹시 내가 뒤에서 다른 사람 흉을 보지는 않았는가 짚어 봐야 합니다. 자기반성과 성찰 없이는 인생과 행복을 논할 자격이 없습니다. 다른 사람 얘기할 필요 없습니다. 오직 자신을 돌아보고, 자신을 반성하고, 자신을 성찰하고, 자신에게 화살표를 돌려야 합니다. 동

작가의 인생 공부

시에, 타인의 지적이나 험담에 절대 휘둘리지 않는 강인한 정신도 키워야 합니다.

글 쓰는 사람들이 종종 상처를 받는 경우가 있는데요. 큰 결심을 하고 SNS에 글을 한 편 올렸는데, 한두 사람이 방문해서 이상한 댓글을 남기고 갑니다. 멘탈이 무너지는 것이죠. 아! 나의 글쓰기 실력은 역시 형편없구나! 절필해야겠다! 별 생각을 다 합니다. 분명히 말씀드립니다. 악성댓글을 쓰는 사람은 글을 쓸 줄 모릅니다. 글 쓰는 사람이 글 쓸 줄 모르는 사람 말에 흔들리면 되겠습니까? 글을 쓸 줄 아는 사람은 다른 사람이 쓴 글에다 함부로 침 뱉지 않습니다. 그러니, 우리가 쓴 글에 만약 누군가 악성댓글을 달았다면 그저 무시하거나 감사하기만 하면 됩니다. 초보 작가 글을 읽어주었으니 고마울 따름이고, 그래도 기분 나쁘면 무시하면 그뿐입니다. 사랑이 부족해서 안간힘을 쓰는 사람들이라, 무시하는 것이 가장 좋은 복수(?)입니다.

소중한 인생입니다. 왜 다른 사람 허튼 소리에 자꾸만 흔들립니까. 그럴 필요 없습니다. 제가 주문처럼 중얼거리는 말이 있습니다. 다른 사람 말은 중요하지 않다, 다른 사람 말은 중요하지 않다, 다른 사람 말은 중요하지 않다…… 때로 타인의 충고나 조언을 잘 받아들여야 한다고 강조하는 사람도 있는데요.

차이를 잘 알아야 합니다. 나를 위하고 아껴주는, 진심으로 나의 성장과 발전을 기원하는 사람의 조언이라면 당연히 고려할 만한 가치가 있지요. 하지만, 대부분 사람은 그냥 나오는 대로 말하는 것이니까 중요하지 않다고 생각해도 됩니다. 진정한 충고인가 아닌가 구분하고 판단해야 합니다.

다시 한 번 강조하고 싶습니다. 다른 사람의 말과 행동에 이리저리 휘둘리지 말았으면 좋겠습니다. 지금은 어떤 일을 해도 가능성이 있고, 어떤 일을 해도 의미와 가치가 있는 세상입니다. 딱 하나만 정답인 세상이 아닙니다. 타인의 말에 흔들리거나 쏟아지는 정보에 휩쓸릴 때가 아니라, 자기중심을 잡고 자신을 믿어야 할 때입니다. 악성댓글 쓰는 사람들, 뒤에서 남 험담하기 좋아하는 사람들. 제가 이 책을 통해 최대한 '좋게' 표현한 것이니, 이제부터라도 착하게 살기 바랍니다. 전과자인 제 입에서 착하게 살라는 충고가 다 나오네요.

작가의 인생 공부

~~~~~~

연습과 훈련

독서에 대해서는 세 가지를 강조하고 싶습니다. 슬로 리딩, 문장 독서, 그리고 독서노트 작성입니다.

저는 이 세 가지 독서 방법을 통해 성장하고 발전했다고 자신 있게 말씀드릴 수 있습니다. 아울러, 이렇게 자신 있게 말하기 위해 숱한 증명과 시행착오를 거듭했고요. 자이언트의 가시적 성과만 보더라도 충분히 증명한 셈입니다. 저 같은 사람이 500명이 넘는 작가를 배출한 것은, 글쓰기 실력이 아니라 독서 덕분입니다. 글을 쓰는 것과 다른 사람으로 하여금 글을 쓰게 만드는 것은 전혀 다른 문제입니다. 제가 만약 혼자 글을 쓰는 것에만 골몰했더라면, 사람들에게 동기를 부여하거나 자극을 주지는 못했겠지요. 다양한 작가의 글 쓰는 방식을 검토하고, 그들에게서 좋은 점을 배워 적용해 보고, 같은 내용이라도 문장을 어떻게 쓰는가에 따라 전달 효과가 달라진다는 사실을 경험함으로써 이 모든 것을 강의에 담았기 때문에 꾸준히 작가를 배출할 수 있었다고 평가합니다.

책을 읽지 않는 사람은 자신이 가진 생각과 가치관이 전부라고 믿고 살아가게 됩니다. 대단히 위험한 일이죠. 다른 방법이 있고, 다른 생각이 있고, 다른 철학이 있고, 다른 사람이 있다는 사실을 알지 못하면 편협한 사고에 치우쳐 자기 고집대로 살아갈 수밖에 없습니다. 그 고집의 방향이 잘못되었을 경우에는 치명적인 실수와 실패를 거듭하게 될 테고요. 과거의 제가 딱 그랬습니다. 책을 읽지 않았습니다. 읽지 않아도 살아가는 데 아무 지장 없다고 큰소리 뻥뻥 쳤습니다. 내 생각이 옳고, 나의 판단이 옳고, 나의 결정이 옳다고 믿었습니다. 나보다 더 현명하고 지혜로운 사람이 얼마나 많이 존재하는지, 그들로부터 얼마나 많은 것을 배울 수 있는지, 생각조차 하지 않고 살았습니다. 그러니, 큰 실패를 마주했을 때 좌절하고 절망할 수밖에 없었지요. 힘도 제대로 못 써 보고 주저앉고 말았던 겁니다.

모든 것을 잃고 세상 뒤편에서 쪼그리고 앉아 책을 읽었습니다. 통곡을 했지요. 오열했습니다. 책 속에 담긴 이야기와 메시지들. 그 안에 다 있었습니다. 제가 내린 선택과 결정에 대한 충고와 조언이 끝도 없이 펼쳐져 있었지요. 진즉에 읽었더라면, 책을 좀 가까이 하고 살았더라면, 그렇게까지 처참하게 무

작가의 인생 공부

너지지는 않았을 텐데. 후회하며 가슴을 쳤지만 아무 소용없었습니다. 그때부터 치열하게 읽었습니다. 죽기 살기로 읽었습니다. 책 읽다가 죽어도 좋다는 심정으로 닥치는 대로 마구 읽었습니다.

첫째, 슬로 리딩을 지향합니다. 말 그대로 느리게 읽는 독서 방법입니다. 단순히 읽는 시간만 길게 가져간다는 뜻이 아닙니다. 내용을 하나하나 새기면서 읽는다는 뜻입니다. 마음을 느긋하게 가지고 읽을 필요가 있고요. 반대로, 읽다 보면 마음이 느긋해지기도 합니다. 빨리 끝내고 다른 일을 해야 한다는 조급함을 전혀 갖지 않습니다. 책 읽는 시간 자체가 소중하기 때문에 빨리 끝내야 한다는 강박을 가질 필요가 없습니다. 바쁜 일상 속에서 느리게 읽기가 쉽지 않다며 반문하는 사람도 있는데요. 독서가 무엇보다 중요하다는 인식부터 가져야 합니다. 책은, 남는 시간에 읽는 게 아닙니다. 책부터 읽고, 남는 시간에 하루를 사는 것이죠. 조선시대 선비 같은 소리라고 여길 수도 있을 텐데요. 2022년, 지금은 그 선비 정신이 어느 때보다 필요한 시절입니다.

속독을 주장하는 사람들과 논쟁하고 싶지 않습니다. 각자의 선택입니다. 빨리 읽고 싶은 사람은 빨리 읽으면 됩니다. 느리게 읽고 싶은 사람은 느리게 읽으면 그만이지요. 더 솔직히 말하자면, 빨리 읽든 느리게 읽든 읽기만 하면 좋겠습니다. 한 달에 한 권도 읽지 않는 사람이 속독이니 슬로 리딩이니 자꾸만 논쟁을 하려 듭니다. 지금은 논쟁을 할 때가 아니라, 어떤 방식으로든 책을 읽는 것이 중요한 때입니다. 저는 슬로 리딩을 지향합니다. 제가 해 보니까, 저한테는 슬로 리딩이 딱 맞고, 그래서 효과도 톡톡히 보았습니다. 제 방식대로 읽은 덕분에 다독과 정독을 동시에 할 수 있었습니다. 각자의 선택이지만, 만약 저한테 독서 방법을 묻는다면 단연코 슬로 리딩을 권하고 싶습니다.

둘째, 문장 독서입니다. 많은 사람이 줄거리 독서를 합니다. 책에 담긴 내용이 무엇인가? 저자가 하려는 말이 무엇인가? 책을 읽으면서 주요 내용에 초점을 맞추는 것은 당연한 태도입니다. 제가 하고 싶은 말은, 줄거리 독서만으로 끝내지 말았으면 좋겠다는 겁니다. 문장 하나하나를 살펴 읽어야 합니다. 작가가 고심하여 선택한 어휘와 문장입니다. 당연히 배울 점이 많겠지요. 특히, 글을 쓰기 시작한 사람들이 배우고 익히기에는 문장 독서만 한 것이 없습니다. 책을 많이 읽으면 글쓰기에 도움이 된다고 하지요. 하지만, 속독이나 줄거리 독서만 갖고는 글을 쓰는 데 별 도움을 받을 수 없습니다. 저의 경험에 비추어 보자면, 문장을 하나하나 뜯어보면서, 단어의 사용과 문장 구성 및 표현력에 주의를 집중했을 때 그것이 고스란히 제 글쓰기에 적용되었거든요. 배운 적도 없고 공부한 적도 없는 제가 어느 정도 글을 쓸 수 있게 된 것은 전부 문장 독서 덕분이라 해도 과언이 아닙니다.

셋째, 독서 노트 작성입니다. 읽기와 쓰기는 반드시 병행해야 합니다. 읽기와 쓰기를 병행하면, 읽기의 효과도 배가할 수 있고 쓰기 실력도 향상시킬 수 있습니다. 두 가지를 따로 하는 사람들이 생각만큼 효과를 누릴 수 없는 것도 이런 이유에서입니다.

독서 노트를 쓰라고 하면, 대부분 사람이 책을 완독한 후에야 가능하다고 생각하는데요. 전혀 그렇지 않습니다. 한 페이지만 읽어도 독서 노트를 쓸 수 있습니다. 한 꼭지 또는 한 챕터만 읽고도 독서 노트를 작성할 수 있고요. 읽은 내용에 대해서 기록한다는 정도로 가볍게 여기면 독서 노트 꾸준히 쓸 수 있습니다.

독서 노트를 쓰려고 하면, 뭔가 정해진 틀에 맞춰야 한다고 생각하는 사람도 적지 않습니다. 읽기와 쓰기는 세상 가장 자유로운 행위입니다. 기준이나 잣대를 스스로 만들어 끼워 맞추려 하지 말고, 자기 멋대로 한 번 써 보면 어떨까요? 이렇게도 써 보고 저렇게도 써 보면서 자기만의 방식을 만들어내면, 그

것이 또 하나의 콘텐츠가 될 수도 있습니다.

글씨를 예쁘게 쓰려고 노력하는 사람도 많습니다. 다양한 색깔의 펜을 준비하는 사람도 있지요. 10년 동안 매일 글을 쓰면서, 한 가지 지론이 생겼는데요. 메모와 수첩, 독서 노트, 습작 등 '훈련용 글쓰기'를 할 때는 최대한 자유롭게 휘갈겨야 한다는 사실입니다. 무슨 일이든 '예쁘고 곱게' 하려고 들면 오래 지속하기가 힘듭니다. 습관부터 만들어 놓고, 그 다음에 멋을 부리는 것이 순서입니다. 한 달도 지속하지 못할 일을 형형색색 아름답게 꾸며서 무엇에다 쓰겠습니까. 독서 노트를 '쓰는' 행위에 초점 맞추길 바랍니다.

온갖 다양한 독서 방법들이 세상에 나와 있습니다. 어떤 것이 정답일까요? 자신에게 맞는 게 정답입니다. 다른 사람이 말하는 방법이나 기준은 어디까지나 참고용입니다. 독서와 글쓰기에 있어서만큼은 우리 모두가 생산자입니다. 이왕이면 '나만의 독서법'을 만들겠다는 각오로 꾸준히 읽고 쓰면 좋겠습니다.

사람에서 시작하고 사람으로 끝낸다

　강의를 마치고 나면, 수강생들한테 후기를 부탁합니다 그냥 후기가 아니라 "정성 후기"입니다. 정성껏 후기를 남겨주는 분들한테 강의 자료를 원본 그대로 전송합니다. 그들이 남기는 후기를 마케팅에 활용하지 않습니다. 캡처해서 블로그에 공유하는 합니다만, 제 블로그 자체가 활성화되지 않았기 때문에 홍보 효과는 극히 미비합니다. 마케팅에 활용할 것도 아니면서 왜 굳이 정성 후기를 남겨달라고 하느냐 궁금하지요? 저 때문입니다. 제 마음 때문입니다. 저의 심리와 감정 때문입니다.

　회당 두 시간 강의합니다. 제 강의를 들어 본 사람들은 알겠지만, 느긋하게 하지 않습니다. 전해야 할 내용을 응축해서 두 시간 안에 폭발하듯 전달합니다. 두 시간 강의를 위해 평균 스무 시간 준비합니다. 주제 및 소재를 정하고, 해당 자료를 모으고, 카테고리별로 묶고, 흐름과 순서를 정하고, 중간에 웃음과 감동의 멘트를 삽입하고, 말이 엉키면 순서를 바꾸기도 하고…… 그런 다음에 강의 시작 두 시간 전 리허설도 합니다. 두 시간 강의가 제 삶의 전부라 여기고 영혼까지 갈아 넣어 최선을 다합니다. 엄청난 에너지가 소모되는 일입니다. 강의만 해도 살이 쪽쪽 빠집니다. 마치고 나면 의자 뒤에 등과 머리를 기댑니다. 온몸에 기가 쭈욱 빠져나간 듯한 느낌이지요. 그런 강의를 월 평균 20~25회 진행합니다. 버틸 수 있을까요? 네, 버팁니다. 충분히 버팁니다. 수강생들의 정성 후기 덕분입니다.

강의를 들은 수강생들이 정성껏 남겨주는 후기를 읽으면, 마치 방전된 건전지가 다시 충전되듯이 가슴이 벅차고 흐뭇하며 감동적이기까지 합니다. 바로 그 에너지가 저로 하여금 한 달에 스물다섯 번에 걸쳐 피를 토하듯 강의를 지속할 수 있게 만드는 원천이지요. 처음에는 한두 줄 형식적으로 후기를 남기던 사람들도, 이제는 정성을 다해 느낌과 소감을 적습니다. 하나의 문화로 자리 잡은 셈이죠. 아울러, 정성 가득한 후기를 읽다 보면 그들의 글 쓰는 솜씨가 날이 갈수록 좋아진다는 사실도 확인할 수 있습니다.

사람의 에너지는 어디에서 비롯될까요? 네, 맞습니다. 사람으로부터 비롯됩니다. 어떤 일을 하든 사람에서 시작하고 사람에서 끝나야 합니다. 제가 이런 말을 하면, 저한테 등을 돌린

작가의 인생 공부

사람들은 분명 저를 비난하겠지요. 분명히 말하는데, 아무리 사람이 중요해도 예의 없이 부적절한 요구를 하는 사람들까지 챙기지는 않습니다. 그럴 필요도 없고, 그럴 가치도 느끼지 못합니다. 아무튼, 저는 무너진 삶을 다시 일으키는 과정에서 사람의 중요성을 알게 되었고, 나름의 철학을 갖고 글도 쓰고 강의도 합니다. 덕분에 지금에 이를 수 있었지요.

글도 마찬가지입니다. 어떻게 해야 잘 쓸 수 있을까 고민하기보다는 사람을 먼저 생각하는 습관을 가져야 합니다. 사람이 아니라면 글 따위 쓸 필요가 없습니다. 그렇다면, 사람을 생각하며 쓴다는 것은 어떤 의미일까요?

첫째, 글을 쓰기 전에 가장 먼저 누구한테 말할 것인가 결정해야 합니다. 타깃 독자라고도 하고 핵심 독자라 표현하기도 합니다. 세상 모든 사람을 위하는 책? 이렇게 시작하면 쓸수록 힘듭니다. 책은 '연설'이라기보다는 '코칭이나 조언'에 가깝습니다. 내가 전하는 메시지가 어떤 사람들한테 도움이 될 것인가 분명하게 정하고 시작해야 합니다.

둘째, 핵심 독자가 정해졌다면, 그들을 어떻게 변화시킬 것인가 생각해야 합니다. 도움이라는 것은 명쾌해야 합니다. 글 쓰는 사람이 아무리 도움을 주었다고 생각하더라도 독자가 아무 도움 받지 못했다고 하면 의미가 줄어들 겁니다. 마음을 움직이든, 행동을 촉구하든, 공감을 유도하든, 뭔가 딱 부러지게 변화를 일으키고자 하는 의도가 있어야 합니다. 변화의 크기는 상관없습니다. 모두가 지구를 구하게 만들 수는 없으니까요. 일상 지극히 소소한 변화라도 좋습니다. 중요한 것은 변화를 돕는다는 정신입니다.

셋째, 이왕이면 자신의 경험을 바탕으로 돕는 것이 좋습니다. 용기를 가져라, 희망을 가져라, 긍정적으로 생각해라 …… 이런 내용을 모르는 사람은 없습니다. 다들 알고 있으면서 실천하기 힘들어할 뿐이지요. 마음이 움직여야 몸도 움직입니다. 사람의 마음은 '이건 나를 두고 하는 얘기야'라고 느낄 때 움직이기 시작합니다. 공감이지요. 뜬구름 잡는 얘기에 공감하는 사람은 없습니다. 살아있는 이야기! 작가의 경험담이나 실제 사례를 읽을 때 빠져들게 마련입니다. 용기가 없었던 시절의 경험, 용기를 냈던 경험, 희망을 잃었던 경험, 희망을 가지고 다시 일어선 경험, 부정적으로 생각하고 말했을 때의 경험, 긍정적으로 행동했을 때의 경험…… 이렇게 자신의 경험담을 이야기하듯이 나누면, 독자도 맞장구를 칠 것입니다.

내가 쓴 글을, 내가 쓴 책을 어느 독자가 읽고 도움이 되었다는 소식을 전해 듣는다면, 기분이 어떨까요? 세상을 다 가진 듯합니다. 그 순간만큼은 돈도 명예도 권력도 필요 없습니다. 글 쓰는 삶을 선택한 자신이 자랑스럽고, 지금까지 살아낸 인생에 의미와 가치가 생긴 것 같아 기쁘고 행복하기 그지없습니다. 저는 그렇게 살아냈습니다. 전과자, 파산자, 알코올중독자…… 누가 봐도 인생 패배자였던 제가, 모든 것들 다 잃었다고 생각한 제가, 아직도 여전히 누군가를 도울 수 있다는 사실을 알았을 때, 더 이상 자살 따위 생각지 않기로 했지요.

사람 덕분입니다. 사람 덕분에 살았습니다. 사람 덕분에 살고 있습니다. 모든 것을 사람 뒤에다 제쳐 두고, 오직 '돕는 사람'이라는 정체성으로 살았습니다. 아니, 더 정확히 말하자면 '돕는 사람인 척' 살았습니다. '척'하며 살다 보니, 실제로 그런 사람이 되어가고 있었던 거지요. 마지못한 시늉이라도 그것이 바른 길이라면 얼마든지 해볼 만한 가치가 있다는 결론입니다.

글 쓰는 이유는 다양합니다. 하지만, 그 이유의 중심이 사람이 아니라면, 차라리 쓰지 않는 편이 낫습니다. 만약 사람을 위해 글을 쓰겠다고 결심한다면, 아마도 글 쓰는 과정이 지금보다 한결 수월해질 겁니다. 행복할 테고요.

chapter 05

성찰을 위한 글쓰기

비우는 자세

초고를 완성하고 나면 퇴고 작업을 진행해야 합니다. 퇴고는 크게 윤문과 교정·교열 등으로 나눌 수 있습니다. 윤문이란, 문장을 반짝반짝 빛나게 다듬는 일을 뜻합니다. 교정·교열은 맞춤법과 띄어쓰기를 비롯하여 적확한 단어와 어휘로 문법에 맞게 고치는 작업을 말합니다. 초고를 쓸 때는 "마구 휘갈기듯 쏟아내야 한다."고 강조합니다만, 퇴고는 전혀 다릅니다. 온 정성을 다해야 하고, 신중해야 하며, 인내와 끈기를 갖고 우직하게 밀어붙여야 합니다.

퇴고는 빨리 작업하는 것이 능사가 아니며, 또 그렇게 할 수도 없습니다. 조급한 마음으로 '끝내려고'만 하면 퇴고를 제대로 진행할 수 없습니다. 오래 걸린다고 해서 무조건 좋은 작품이 나오는 것도 아니겠지만, 글을 고치고 다듬는 작업 자체가 시간과 정성을 필요로 하는 일인 만큼 충분히 여유 갖고 진행해야 하겠지요.

퇴고의 핵심을 세 가지로 안내합니다. '줄이고, 없애고, 바꿔라'입니다.

먼저, '줄이고'는 문장을 정리 정돈하는 것입니다. 초고를 쓸 때는 아무래도 생각나는 대로 마구 적게 됩니다. 그러다 보면 같은 말을 중복하기도 하고, 쓰지 않아도 될 말을 집어넣기도 하며, 수식어를 과하게 붙일 수도 있습니다. 문장은 짧게 써야 한다고 앞서 말씀드렸지요. 군더더기를 빼야 한다는 점도 강조했습니다. 퇴고할 때는 가장 먼저 문장을 짧게 줄이는 것에 신경을 써야 합니다. 길게 늘어진 문장들을 정리 정돈 한다고 생각하면 좋겠습니다.

다음으로, '없애고'는 삭제를 뜻합니다. 문장을 줄일 때 이미 상당 부분 쓸데없는 표현들을 지웠겠지만, 아직도 여전히 불필요한 수식어나 접속사, 조사 등이 많을 테지요. 처음부터 정독하면서 '빼도 되는 말은 모조리 없애도록' 합니다.

마지막으로, '바꿔라'입니다. 한글에는 비슷한 단어가 많습니다. 이왕이면 적확한 단어를 고르고, 상투적인 표현보다는 작가 본인의 느낌과 감정을 담은 표현을 쓰는 것이 중요합니다. 바꾸기 위해서는 상당한 고민과 궁리를 해야 하고, 이 과정을 통해 어휘력과 사고력을 키울 수 있는 것이죠. 특히, 초보작가의 경우 어휘력이 부족한 사람 많은데요. 독서도 하고 사전도 찾아가며 자신의 단어를 확장시키는 노력을 아끼지 말아야 합니다.

퇴고에서 강조하는 '줄이고, 없애고, 바꿔라'라는 지침은 인생에 있어서도 중요한 철학으로 삼을 수 있습니다. 지금은 모든 것이 풍족한 세상입니다. 정보와 지식은 하루에도 셀 수 없이 쏟아지고 있습니다. 유튜브와 SNS를 통해 엄청난 양의 정보를 접하게 되지요. 빨리, 많이 습득하지 않으면 뒤처질 것 같다는 조바심이 생길 정도입니다. 줄여야 합니다. 필사적으로 줄여야 합니다. 지금은 '많은 것'을 가지기 위해 노력할 때가 아니라, '제대로 된 것'을 가지는 분별력을 키워야 할 때입니다. 여러 가지를 배우고, 여러 곳에 가입하고, 여러 가지 일을 한꺼번에 하는 사람들이 많습니다. 의욕과 열정은 대단하지만, 뭔가 하나라도 제대로 결실 맺는 사람을 찾기가 힘든 현상은 심각하게 짚어 보아야 하겠지요.

없애는 일도 중요합니다. 버리지 못하는 사람이 너무 많습니다. '언젠가는 쓸 데가 있을 거야.'라는 생각으로 5년이나 10년씩 먼지 뽀얗게 앉도록 방치하는 물건들이 얼마나 많습니까. 이런 행동은 아끼고 절약하는 태도가 아니라 집착과 미련이라고 봐야 합니다. 내게는 별 쓸모가 없지만, 그것을 꼭 필요로 하는 사람도 많을 겁니다. 나누는 마음으로 처분하면, 나도 개운하고 좋은 일도 하고, 일석이조의 효과를 누릴 수 있지요. 없애는 것은 마음에도 적용됩니다. 사람에 대한 집착, 돈을 향한 욕망, 부에 관한 미련 등 차마 버리지 못해 끙끙 싸매고 있는 마음의 짐이 너무 많습니다. 없어서 고생하는 게 아니라 많아서 힘들어하고 있으니 이 얼마나 어리석은 인생인가요. 두려움은 욕망에서 비롯됩니다. 없으면 큰일 날 것 같지만, 절대 아무 일도 일어나지 않거든요. 과감하게 없애고, 마음까지 텅 비우고 나면 얼마나 가벼운지 표현하기 힘들 정도입니다. 몸과 마음이 가벼우면 에너지가 누적되고, 그 에너지로 인생 본질과 목적에 몰입하면 큰 성과를 낼 수 있습니다.

'바꾸는' 것은 가장 절실합니다. 무엇을 바꿔야 할까요? 생각을 바꿔야 합니다. 태도를 바꿔야 합니다. 털끝만큼이라도 부정적인 생각이 든다면, 당장 머리를 세차게 흔들어 좋은 기분으로 전환해야 합니다. 기분 나쁜 상태로는 무엇을 해도 좋은 결실을 맺기 힘듭니다. 행복이 별건가요? 기분 좋으면 최고지요. 기분은 생각에 연결되어 있습니다. 부정적인 생각을 하면 기분도 나빠지고, 행복한 생각을 하면 기분도 좋아집니다. 하루에도 수만 가지 생각이 우리 머릿속을 스쳐 지나갑니다. 관심을 가져야 합니다. 기분이 별로다 싶을 때는 별로인 기분에 빠져들지 말고 의도적으로 행복한 생각을 합니다. 태도도 바꿔야 한다고 말씀드렸습니다. 특히, 사소한 일을 대하는 태도가 중요하지요. 약속을 잘 지켜야 하고, 준비를 철저히 하고, 사람 대하는 기본예절을 깍듯이 해야 하며, 감사할 줄 알아야 합니다. 지금 제가 언급한 내용들, 어찌 보면 별것 아니지요. 그럼에도 생각보다 많은 사람이 약속을 우습게 여기고 예의를 지키지 않는다는 사실을 수시로 보게 됩니다. 말로만 감사하고 실제 행동이나 태도는 미움과 원망과 삐딱함으로 가득한 사람들, 안타깝고 아쉽습니다. 바꿀 수 있고 바꿔야 합니다. 적어도 바꾸기 위해 노력은 해야 합니다.

줄이고 없애고 바꾸는 노력을 통해 '비우는 인생'을 살았으면 좋겠습니다. 자꾸만 더 가지려는 욕구와 만족하지 못하는 습성이 우리를 불행하게 만듭니다. 삶이 가벼워지면 문장도 간결해지고, 글이 담백하면 인생도 예뻐집니다.

작가의 인생 공부

꼼꼼하게, 냉철하게

앞서 늘로 리딩을 지향한다고 말한 바 있습니다. 책을 느리게 읽으면 당연히 정독하게 되지요. 문장 하나하나 정성껏 읽고, 이해하지 못하는 부분은 다시 읽고, 가슴에 닿는 부분은 메모하고 필사합니다. 작가의 노고가 그대로 느껴질 만큼, 독자인 저도 최선을 다해 꼼꼼히 읽는 것이지요. 정독입니다. 물론, 모든 책을 정독할 필요는 없습니다. 단순한 정보나 지식을 전달하는 종류의 책은 속독 또는 다독해도 무리가 없을 테지요. 양서나 고전 또는 그에 준하는 책이라면 반드시 정독할 것을 권합니다. '대충 읽기'는 독서의 맛을 떨어뜨리고, 몇 권을 읽었는가 하는 양적인 기준에만 연연하여 독서의 가치마저 희미하게 만듭니다.

헨리 데이비드 소로우의 《월든》, 빅터 프랭클의 《죽음의 수용소에서》, 장 피에르 카르티에의 《농부 철학자 피에르 라비》,

에크 하르트 톨레의 《삶으로 다시 떠오르기》, 말로 모건의 《무탄트 메시지》, 헬레나 노르베리-호지의 《오래된 미래》, 하퍼 리의 《앵무새 죽이기》, 포리스트 카터의 《내 영혼이 따뜻했던 날들》등 이러한 책들을 어떻게 '속독'한다는 말인지 저는 이해할 수가 없습니다. 세 페이지만 읽어도 가슴이 먹먹해서 책을 덮고 품에 안으며 호흡을 가다듬어야 합니다. 그래야만 기어이 다시 책을 펼칠 수가 있습니다.

세상에 나쁜 책은 없다고 했습니다. 어떤 책이든 그 안에서 내가 무엇을 얻는가에 따라 가치가 달라지는 법이지요. 책을 쓰는 사람이 작가라면, 그 책의 가치를 만드는 사람은 독자입니다. 글자를 읽고 해석하는 데에서 그친다면 그것이 무슨 독서의 의미를 갖겠습니까. 음미할 수 있어야 합니다. 느끼고 품으면 삶에 적용하려 애쓰지 않아도 저절로 내 것이 됩니다. 빠르고 복잡한 세상일수록 책을 읽는 속도를 줄였으면 좋겠습니다.

책 읽는 속도가 빨라지는 것 못지않게 살아가는 모양새도 정신이 하나도 없을 지경입니다. 문자 메시지 하나를 보낼 때도 이리저리 검토하고 수정하면서 정성을 다합니다. 직업병이라고 할 수도 있겠지요. 그런데, 제가 그렇게 온 정성을 다해 보낸 문자 메시지를 상대방은 너무나 성의 없이 읽곤 합니다. 힘이 쪽 빠집니다. 서운하기도 하고 허탈하기도 합니다. 어

작가의 인생 공부

렵게 쓴 것도 아니고 한 번만 정성껏 읽어 보면 무슨 내용인지 다 알 수 있을 텐데, 엉뚱한 질문을 하거나 몰랐다는 태도로 일관합니다. 제 기분이 문제가 아닙니다. 그런 식으로 일상을 살아가면 놓치는 게 너무 많지 않겠습니까.

함께 글을 쓰는 우리 작가님들한테 제가 입버릇처럼 하는 말이 있습니다. 땅으로 내려와라, 차분해져라, 마지막에는 꼭 크게 숨을 쉬며 느긋해져라 등입니다. 물불 가리지 않고 질주하다가 인생 날려 먹은 경험이 있기 때문입니다. 그렇게 빠른 속도로 정신없이 달려가면 추락할 게 뻔한데, 사람들은 아직 그걸 잘 모르는 모양입니다. 곁에서 지켜보는 제 속이 새카맣게 타들어갑니다. 그건 정말 아니거든요.

인간을 망가뜨리는 최악의 기생충이 '대충'이라고 하지 않습니까. 예전에는 개인의 성향 문제였다고 하지만, 지금은 대부분 사람이 '대충'이라는 기생충에 감염된 것처럼 보입니다. 주변에 꼼꼼한 사람 있는지 한 번 살펴보십시오. 저 사람한테는 무슨 일을 맡겨놔도 두 번 확인하지 않아도 된다 싶은 사람, 몇 명이나 있습니까? 또한, 주변 사람 중에 '나'를 그렇게 신뢰하는 사람은 몇이나 있을까요?

하나하나 살피는 꼼꼼함도 필요하지만, 객관적인 눈으로 냉철하게 현실을 보는 눈도 필요합니다. 친구라서, 가족이라서, 고향 사람이라서, 같은 학교 선배라서, 나랑 친해서…… 어디서 많이 들어 본 말 같지 않습니까? 언론에 등장하는 이런 사람들을 보면서 우리는 혀를 차고 손가락질을 합니다. 그것이 마땅한 삶의 태도가 아니란 사실을 다들 잘 알고 있기 때문이지요. 그런데 정작 '나'는 어떻습니까? 무슨 일이 생기기만 하면 그 방면에 잘 아는 사람 없는지 찾기부터 합니다. 최근에 아버지와 어머니 연거푸 큰 수술을 받아 병원 출입이 잦았거든요. 일가친척 중에 권위 있는 의사 없는지, 저도 맨 먼저 그런 생각부터 들었습니다. 돈과 권력을 이용하는 '정당하지 못한 일'에 치를 떨면서도, 자신에게 아쉬운 일이 생기면 '줄과 빽'을 찾는 것이 저의 모습이었던 것이죠.

냉철하다는 말을 다양하게 해석할 수 있겠습니다만, 저는 이 말을 '있는 그대로'라고 해석하고 싶습니다. 점수를 후하게 받으면 기분 좋은 일이고, 다소 부족하더라도 그것이 내 점수라면 받아들여야 합니다. 현실을 직시해야 더 노력할 수 있습니다. 결과가 좋기를 바라는 것은 누구나 같은 마음이겠지만, 현실은 냉정합니다. 이상을 기대하는 것은 바람직하지 않습니다. 콩 심은 데 콩 난다는 속담의 의미는 인과관계에만 국한되지 않습니다. 콩 난 것을 인정하고 받아들여야 한다는 의미까지 포함되어 있는 것이죠.

마음의 속도를 줄였으면 좋겠습니다. 무슨 일이든 꼼꼼하게 살피는 것이 중요합니다. 어떤 결과가 나오든, 그것이 지금 현재 나의 모습이란 사실을 냉철하게 받아들여야 합니다. '지금'을 제대로 볼 수 있어야 '다음'을 준비할 수 있습니다. 쓰는 사람도 읽는 사람도, 이제는 좀 천천히 걸었으면 좋겠습니다.

천천히, 그러나 매일

글을 쓰려는 사람들이 많이 하는 질문이 또 한 가지 있습니다. "책 한 권 쓰는데 보통 얼마나 걸려요?" 궁금해 하는 것은 당연합니다. 저도 무슨 일을 하려고 할 때, 시간이 얼마나 소요되는지 알고 싶거든요. 그런데, 단순히 소요 시간을 궁금해 하는 정도가 아니라 '빨리 후다닥 끝내고 싶다'는 의도라면 문제가 있습니다. 글을 쓰는 일에는 시간이 필요하기 때문입니다.

가장 먼저 왜 글을 쓰려고 하는지 이유부터 정리해야 합니다. 단순히 책을 출간한 작가가 되고 싶다는 막연한 바람으로 시작하면 빨리 지치게 마련입니다. 목적이 분명해야 중도에 흔들리지 않고 끝까지 갈 수 있습니다. 다음으로, 어떤 주제로 글을 쓸 것인가 고민해야 합니다. 살아오면서 깨닫게 된 수많은 가치 중에서 어떤 것을 골라 글에 담을 것인지 결정하는 것이죠. 쓸 게 없다는 말 많이 하는데, 실제로 없는 게 아니라 충분히 생각하지 않았기 때문에 없다고 느낄 뿐입니다. 하루살이도 책 쓸 수 있습니다. 그러니, 마음의 여유를 갖고 주제를 떠올려야 합니다. 이번에는 독자를 선정해야 합니다. 글을 쓰는 것은 불특정 다수를 위함이 아니라 특정 대상에게 메시지를 전하는 행위입니다. 제가 지금 쓰고 있는 이 책은, 글쓰기와 문장 공부를 통해 삶을 이해하도록 돕는 내용입니다. 빠르고 복잡한 현대 사회를 살아가면서 뭔가 놓치고 있는 것 같다 느끼는 공허한 사람들을 이 책의 독자로 선정했습니다. 쓰는 동안 계속해서 그들을 생각합니다. 글을 쓰는 게 아니라, 그들의 곁에서 도움 되는 말을 해 준다는 느낌으로 집필합니다. 독자가 명확해야 내용도 줄기를 가질 수 있습니다. 횡설수설을 막을 수 있다는 뜻입니다.

글을 쓰려는 이유, 주제 정하기, 독자 선정…… 아직 시작도 하지 않았습니다. 그런데도 꽤 많은 시간이 필요하지요. 집필을 시작하면 더 많은 생각을 하면서 궁리하고 숙고해야 합니다. 이런 과정을 '빨리 후다닥 해치우겠다'는 마음으로 접근하면 어떻게 되겠습니까. 결과물을 빨리 만나고 싶어 하는 심정이야 충분히 이해되지만, 불가능한 일을 가능한 것처럼 말할 수는 없습니다. 저는 글쓰기·책쓰기 코치입니다. 빨리 할 수 있다고 광고하고 사람 많이 모으면 저도 좋겠지요. 10년 넘게 매일 글을 쓰고 있습니다만, '빨리 쉽게 후다닥' 쓸 수 있는 방법은 없습니다. 제가 다 찾아 봤습니다. 괜한 바람이나 욕심 갖지 말고, 느긋한 마음으로 한 걸음씩 나아간다 생각하면 좋겠습니다.

글쓰기뿐만 아니라 인생 모든 일이 마찬가지입니다. 저는 돈을 많이 벌고 싶었거든요. 그것도 빨리 쉽게 많이 벌고 싶어 환장을 했었습니다. 돈이 되는 일이라면 무엇이든 하겠다고 덤볐고, 결과가 빨리 나오지 않으면 조급해서 안절부절 했습니다. 어딜 가나 마음이 급했고, 무슨 일을 하든 빨리빨리 외쳤습니다. 그 결과가 무엇입니까? 모든 것을 잃고 감옥에 갔지요. 이런 경험을 갖고 있으니, 제가 여러분에게 '천천히'를 강조하는 것은 어쩌면 당연한 일일지도 모릅니다.

운전하는 분들은 잘 아실 겁니다. 고속도로를 타고 대구에서 서울까지 간다고 가정해 봅시다. 내비게이션에 목적지를 입력하면 도착 예정 시간이 표시됩니다. 아무리 세게 밟아 속도를 높여도 처음 예정 시간보다 기껏해야 20~30분 당길 수 있을 뿐입니다. 그것도 전속력으로 달렸을 때 말이죠. 조급한 마음으로 서둘러 봐야 20분 일찍 도착하는 겁니다. 느긋한 마음으로 운전을 즐기고, 중간에 휴게소 들러 여행의 맛도 느끼고, 함께 가는 이들과 편안하게 대화 나누면서, 그렇게 가도 불과 한 시간도 차이 나지 않습니다. 바짝 긴장해서 사고의 위험을 감수해가며 20분 일찍 도착하는 것과 삶의 여유를 즐기면서 20분 늦게 도착하는 것. 선택은 각자의 몫이겠지요.

'서울'이라는 목적지가 인생의 끝일까요? 그렇지 않습니다. 하나의 목적지에 도착하면 다시 또 다른 목적지를 향해 나아가야 합니다. 아무리 빨리 서두르고 조급해 해도 결국은 또 다른 시작을 해야 한다는 말입니다. 운전 자체를 즐긴 사람은 계속 즐기고 누릴 수 있습니다. 하지만, 서두른 사람은 다시 조급해질 수밖에 없지요.

책 한 권을 쓰는 것이 전부가 아닙니다. 쓰는 과정을 즐기지 못하면 괴롭고 힘들 수밖에 없고, 그렇게 출간하는 사람은 다시 글을 쓰기가 거의 불가능합니다. 시간이 좀 걸리더라도 느긋한 마음으로 인생을 생각하고 즐기고 누리는 사람은 글 쓰는 삶이 행복하다는 사실을 깨달을 수 있습니다.

'얼마나 빨리'에 초점을 맞추지 말고, '그 일을 하는 과정' 자체를 소중히 여겨야 합니다. 인생은 경험입니다. 설악산에 다녀온 사람이 얼마나 빨리 등산했는가 하는 것은 별 의미가 없지요. 설악산에서 무엇을 보고 들었는가. 그래서 무엇을 느꼈는가. 이런 질문에 대답할 수 있어야 하고, 대답을 하는 동안에조차 행복할 수 있어야 제대로 산에 오른 것일 테지요.

"아빠는 인생을 이렇게 빠른 속도로 살았단다." 저는 아들한테 이렇게 말하고 싶지 않습니다. "아빠는 인생을 살면서 이런 경험도 하고 저런 가치도 배우면서 매 순간을 온전히 살았단다." 아들에게 이렇게 말하는 순간을 상상하니 벌써부터 가슴이 뿌듯해집니다.

작가의 인생 공부

거듭할수록 좋아진다

반복과 연습

청면없이 글을 못 쓰던 제가 책도 여섯 권이나 출간하고 오백 명이 넘는 작가를 배출할 수 있었던 가장 큰 동력은 무엇일까요? 누가 무슨 말을 해도, 단연코 10년 넘게 매일 글을 썼다는 사실 그 자체입니다. 매일 글을 쓰고 매일 책을 읽었습니다. 저도 사람입니다. 얼마나 하기 싫었겠습니까. 때려치우고 싶다는 생각 하루에도 수십 번 했습니다. 지금도 글을 쓰기 싫은 날 있습니다. 하지만 분명한 것은, 좋고 싫고를 떠나 '무식할 정도로 매일 반복해서 글을 썼다'는 사실이 저로 하여금 적정 수준의 글을 쓰게 만들었다는 사실입니다.

반복의 힘을 믿습니다. 확고하게 믿습니다. 어떤 일이든 계속 반복하면 전문가가 됩니다. 〈생활의 달인〉이라는 프로그램에 출연하는 주인공들을 한 번 보십시오. 도저히 불가능할 것 같은 일을 우습게 합니다. 마술, 신기처럼 보이는, 입이 떡 벌어지는 대단한 광경을 한참 보여준 다음에는 꼭 주인공의 인생 사연을 들려주지요. 그럴 때마다 배경음악은 잔잔하게 바뀝니다. 어떤 사연으로, 긴 세월 동안, 오직 자신을 믿고, 반복 또 반복한 결과입니다.

어떤 분야에서 최고의 경지에 오른 사람 중에 타고난 재주로 그리 되었다는 내용은 본 적이 없습니다. 세상에 그런 사람 한두 명 있을지도 모르겠습니다만, 저는 그런 타고난 재주에는 관심도 없습니다. 얼마나 오랜 시간 우직하게 반복했는가. 이 사실이 저로 하여금 살아가게 만들어줍니다. 나도 할 수 있겠다는 용기와 자신감이 생기거든요. 오직 시간과의 싸움! 어쩌면 이것이 인생의 정의가 아닐까요.

매일 새벽 4시에 일어납니다. 매일 글을 씁니다. 매일 책을 읽습니다. 매일 독서 노트를 작성합니다. 매일 블로그 포스팅을 발행합니다. 매일 강의 자료를 만듭니다. 매주 수요일 오전 10시, 매주 수요일 밤 9시, 매주 목요일 밤 9시, 매주 토요일 아침 7시, 정규수업 강의합니다. 이 모든 저의 루틴에서 가장 중요한 키워드는 '매일'입니다. 설이나 추석에도 똑같이 합니다. 아버지와 어머니 병원에 계실 때도 합니다. 머리가 아파도 허리가 아파도 몸살 걸려 기침이 나고 목이 아파도 합니다. 매일 합니다. 그냥 합니다. 생각이나 감정은 저를 방해하지 못합니다. 외부 환경이나 사건도 저를 막지 못합니다. 제가 하겠다고 결정한 일이고, 수강생들과의 약속이며, 제 자신과의 약속이기 때문입니다.

이것이 반복입니다. 예외를 허용하지 않는 원칙! 남들은 저한테 '하루 정도는, 한 가지 정도는, 한 번 정도는'이라고 말합니다. 하지만, 대수롭지 않게 여기는 하루 한 가지 한 번이 견고한 삶을 무너뜨리고 자신을 나태하게 만드는 요소란 사실을 명심해야 합니다.

'잘하지 못한다'는 이유로 자책하고 자신을 비난하는 사람 자주 만납니다. 그들은 '잘하고 싶다'는 욕망을 품고 있습니다. 방법과 요령을, 지름길을 묻습니다. 그러나 문제가 있습니다. '잘하고 싶다는 욕망'에 준할 만큼 연습과 반복은 하지 않는다는 사실입니다. 언제까지 연습하고 언제까지 반복해야 할까요? 정해진 기한은 없습니다. 이제 그만해도 된다 싶은 순간에 멈추면 되겠지요. 한 가지 재미있는 사실은, '이제 그만해도 되겠다' 싶은 순간에는 이미 그 일에 푹 빠져 습관이 되어 멈출 수가 없다는 것이지요. 실력은 점점 늘 수밖에 없습니다.

돈 되는 일, 성공하는 방법, 부자 되는 법 등등 인터넷과 SNS를 통해 귀가 솔깃해지는 광고가 넘쳐나는 세상입니다. 그런 방법을 좀 더 자세히 들여다보면, 모두가 '빨리 쉽게'라는 말을 강조하고 있다는 사실을 알 수가 있습니다. 저는 이제 '빨리 쉽게'라는 말이 포함된 광고는 믿지 않습니다. 세상에는 그런 방법이 없다는 사실을 제 인생을 통해 명확히 알았기 때문입니다. 광고 전략이란 사실도 이해합니다. 중요한 것은, 우리의 귀가 현혹되지 말아야 한다는 점입니다. 아닌 걸 알면서도 속는 것만큼 어리석은 일은 없지요. 도박 중독이나 알코올 중독이 딱 그렇습니다. 각서도 쓰고 혈서도 쓰고 별별 약속 다짐 다 하지만, 나쁘다는 걸 뻔히 알면서도 또 다시 돈을 집어넣고 술을 마십니다. 욕망과 욕심도 똑같습니다. 아닌 걸 알면서 기대하고 바라는 심리야말로 절망과 좌절로 향하는 길이지요.

원고를 완성하고 출판사에 투고할 때도 비슷한 현상이 생깁니다. 오늘 투고했는데 내일 출판사 연락이 오길 기대합니다. 출판사도 뭘 좀 읽어 봐야 하지 않겠습니까. 책 한 권 분량의 글을 읽고 가능성을 타진해야 하니 당연히 시간이 걸릴 겁니다. 초조해 하지 말고 기다릴 수 있어야지요. 안 되면 다시 투고하고, 연락이 올 때까지 느긋하게 기다리면 좋은 소식을 만날 수 있습니다.

일이나 사업도 마찬가지입니다. 거래를 할 때, 눈앞에서 조급하게 발을 동동 구르는 사람은 왠지 믿음이 가지 않습니다. 말이 빠르고 급한 사람과도 사업을 함께하고 싶지 않습니다. 당장 뭔가 해야 한다고 목소리를 높이는 사람에게도 신뢰가

가지 않습니다. 여유 넘치는 모습, 환하게 웃으며 함께 있는 시간을 즐길 줄 아는 사람. 저는 그런 사람한테 믿음이 갑니다.

다시 강조합니다. 멈출 줄 알아야 하고 느긋해져야 합니다. 서두른다고 잘 되는 일 없습니다. '시간의 권위'라는 말이 있습니다. 시간으로 단련된 사람에게서 품격이 느껴진다는 뜻이지요. 글도 느긋하게 써야 하고, 책도 여유롭게 읽어야 하고, 인생도 천천히 살아야 합니다. 빨리 달려 봐야 20분입니다. 저는 차라리, 20분 늦게 도착하겠습니다. 웃으면서, 행복하게 말이죠.

욕심을 버려야

　퇴고를 해 본 사람은 잘 알겠지만, 거듭할수록 글은 좋아집니다. 자신이 쓴 문장이 좋아진다는 사실을 눈으로 확인할 때의 희열은 가히 비할 데가 없지요. 오죽하면 퇴고를 명상에 비유할까요. 그만큼 집중과 고요가 필요한 일이기도 하고, 또 명상에 못지않은 효과도 있다는 뜻일 테지요.

　경험과 생각과 감정을 마구 쏟아 부은 초고를 찬찬히 살피면서 문장을 다듬고, 단어를 신중하게 골라 적확하게 자리 잡게 하고, 맞춤법과 띄어쓰기에 맞게 교정·교열하는 일련의 과정을 통해 마치 삶이 반듯하게 정돈되는 느낌마저 가질 수 있습니다. 지난하고 힘든 일이기도 하지만, 충분한 보람과 기쁨을 느낄 수도 있습니다. 퇴고는, 그야말로 수행의 여정이라 해도 과함이 없겠습니다.

　한 번 고치면 글이 좋아집니다. 두 번 고치면 조금 더 좋아집니다. 세 번 고치면 더 좋아집니다. 그렇다면 몇 번 고쳐야 할까요? 언제까지 고쳐야 할까요? 바로 이것이 퇴고가 주는 최대의 과제이자 답하기 어려운 질문입니다. 한 번 고치는 것보다는 두 번 고치는 게 낫습니다. 글이 좋아지니까 당연한 소리지요.

그런데, 계속 좋아진다는 이유로 죽을 때까지 퇴고만 하고 있을 수는 없습니다. 언젠가는 멈추고 인쇄해서 책으로 내야 합니다. 그 언젠가를 결정하는 것이 작가의 몫입니다. 어려운 결단입니다. 더 좋아질 수 있는데 멈춰야 하는가. 조금만 더 고치는 게 좋지 않겠는가. 수도 없이 갈등하면서도 결국은 펜을 내려놓아야 합니다.

이러한 이유로, 퇴고는 '완성'이 아니라 '중단'이라고 표현합니다. 미련이 생기지만 멈춰야 합니다. 아쉬움이 남지만 그만 내려놓아야 합니다. 멈추고 내려놓는 것도 용기가 필요한 일입니다.

글을 쓰는 과정의 첫 단계에서 용기가 필요했습니다. 내 삶의 이야기를 통해 타인을 돕겠다는 마음이지요. 그리고 마지막 단계. 우리는 퇴고의 종결 시점에 이르러 다시 용기를 가져야 합니다. 시작하는 용기, 그리고 끝내는 용기. 글쓰기의 처음과 마지막입니다.

퇴고의 마지막 순간에 가지는 용기는 인생에도 꼭 필요합니다. 돈을 많이 벌고 싶습니다. 많은 이들이 물질적 부에 대한 욕망을 품고 살아갑니다. 좋다 나쁘다 문제가 아닙니다. 자연스러운 욕망으로서 인정해야 합니다. 하지만, 무조건 돈을 많이 갖는다는 것에만 집착해서는 안 됩니다. 사람 욕심은 끝이 없기 때문에, 더 가질수록 또 더 많이 가지고 싶습니다. 욕망과 집착을 내려놓지 못하면 만족하고 행복한 마음을 느낄 수 없습니다. 평생 돈을 '좇는' 심정으로 헉헉대며 달려야 합니다. 만족할 수 없으니 아무리 많이 벌어도 마음은 텅 빈 것처럼 느껴질 테고요. 삶의 끝에 이르면 대체 무엇 때문에 그렇게 열심히 살았나 허탈할 게 뻔합니다.

투자 중독자를 만나 본 적 있습니까? 저는 두 사람이나 알고 있습니다. 한 사람은 직장 생활할 때 만난 선배이고, 다른 한 사람은 막노동 현장에서 만난 형님입니다. 두 사람 모두 투자 중독자입니다. 직장에서 만난 선배는 빚이 4억이나 됩니다. 지금도 월급을 받으면 대출 이자만 간신히 내고 나머지는 투자합니다. 그 선배, 다시는 투자하지 않겠다고 맹세하고 또 맹세했었지요. 그래도 여전히 투자하고 있습니다. 이 선배가 처음부터 빚더미에 앉은 것은 아닙니다.

투자를 시작했을 무렵에는 돈을 꽤 벌었거든요. 수입차를 사고, 강남으로 이사도 했습니다. 돈을 벌 수 있는 가장 쉽고 빠른 방법이 투자라며 큰 소리 뻥뻥 치고 살았습니다. 그러다가 어느 순간 재산이 바닥나기 시작했습니다. 이쯤 되면 투자가 아니라 도박입니다. 심각한 중독이지요.

이렇게 중독 현상이 생긴 이유는 욕심 때문입니다. 멈추지 못했기 때문입니다. 처음에 돈을 많이 벌었던 경험이 독이 된 것이지요. 아직도 자신이 큰돈을 벌었던 순간을 잊지 못하고 있습니다. 언젠가는, 언젠가는, 언젠가는…… 이러면서 인생 다 날리고 있습니다.

막노동 현장에서 만난 형님도 다르지 않습니다. 전 재산 다 잃고, 빚도 가득하고, 이혼까지 해서 가족 연락도 끊어졌습니다. 만나기만 하면 투자 이야기입니다. 돈 빌려달라는 소리도 서슴없이 합니다. 아무리 열심히 설명해도 전부 허황된 말로 들립니다. 그 형님, 허공에 동동 떠다니며 망상에 젖어 살아가고 있습니다.

적정선에서 멈출 수 있어야 합니다. 참 어려운 문제입니다. '조금만 더!'라는 생각이 우리를 휘어잡습니다. 이 정도에서도 충분히 잘 살아갈 수 있는데, 자꾸만 더 많은 것을 가지려 드는 것이지요. 욕심을 내려놓기 위해서는 세 가지 태도가 필요합니다.

첫째, 조건 없이 감사하는 마음을 가져야 합니다. 감사하고 또 감사하면, 더 바라는 마음이 상쇄됩니다.

둘째, 물질적 욕망 대신에 자신의 내면에 집중해야 합니다. 어떻게 살아갈 것인가? 어떤 존재로 남을 것인가? 무엇을 추구할 것인가? 이런 생각을 계속하다 보면 돈이 중요하지만 전부가 아니란 사실을 깨달을 수 있습니다.

셋째, 돕는 삶을 실천해야 합니다. 사람은 누구나 '가진 정도'와 상관없이 타인을 도울 수 있습니다. 특히 글쓰기는 삶의 이야기를 통해 다른 사람에게 용기와 희망을 줄 수 있는 일이기 때문에 적극 권장하는 것이지요.

지금 제가 말씀드린 세 가지 내용을 읽으면서, 마치 공자님 말씀 같다 느끼거나 현실과 동떨어진 이상처럼 여겨지는 사람도 있을 겁니다. 사업 실패로 모든 것을 잃었을 때, 돈이 한 푼도 없으니 욕심을 부릴 수도 없었습니다.

인생에는 돈 말고도 추구할 만한 가치가 있는 것들이 많다는 사실을 그제야 알게 되었지요. 이러한 진실을 깨닫기 위해 굳이 저처럼 바닥까지 추락할 필요는 없지 않겠습니까. 퇴고를 멈추고 내려놓듯이 자꾸만 더 갖고 싶은 욕망과 기대하고

작가의 인생 공부

바라는 마음도 그만 접을 수 있다면, 조금은 살 맛 나는 인생 누릴 수 있지 않을까요.

겸허한 마음으로

초심을 잃지 말자

원고를 완성하고 나면 출판사에 투고를 합니다. 출간기획서도 작성하고, 저자 프로필도 꼼꼼하게 적습니다. 출간계약을 하게 되면 얼마나 좋을까? 푸른 꿈을 안고 마무리를 합니다. 설렙니다. 기대 가득합니다. 작가가 된 내 모습을 그려 보기도 하고, 사인회에서 만나게 될 독자들의 모습도 떠올려 봅니다. 슬며시 미소가 지어지고 마음도 푸근합니다. 한편으로는, 혹시라도 출판사 연락을 받지 못해 계약을 체결하지 못하면 어쩌나 불안한 마음도 듭니다. 오랜 시간 열심히 글을 썼는데, 이 글이 세상의 빛을 보지 못한다고 생각하면 속상하고 우울합니다. 길게 보면 별것 아니라 여길 수도 있지만 어디 사람 마음이 그러한가요. 꼭 좋은 소식을 접해 책을 출간할 수 있기를 간절히 바라봅니다.

시간이 됐습니다. 조사한 출판사 리스트를 보면서 한 군데

씩 정성 다해 메일을 보냅니다. 꼭 연락을 받았으면 좋겠다 싶은 몇 군데 대형 출판사도 섞어 보냅니다. 그럴 리가 없을 거야 생각하면서도 은근히 기대하게 되지요. 적게는 수십 군데, 많게는 백 군데 넘게 메일을 발송합니다. 그런 다음에 숨을 깊이 쉬고 휴대 전화를 만지작거립니다.

여기까지만 읽으면 어떤 생각이 듭니까? 출판사로부터 연락을 받으면 뛸 듯이 기쁘고 마냥 행복할 것 같지요? 그러나 현실은 조금 다릅니다. 불과 며칠 진까지만 해도 '한 군데만이라도 연락을 해주면 좋겠다' 생각하던 사람이 또 다른 출판사의 연락을 기대하게 됩니다. 분명 계약을 하고 싶다는 연락을 받았으면서도 보류하는 것이죠. 좀 더 기다리면 더 좋은 출판사에서 연락 올지도 모른다는 생각을 합니다. 부족하고 모자라지만, 이쯤에서 내려놓아야 한다는 심정으로 퇴고를 멈추었는데. 그래서 자신의 원고에 대해 겸손한 마음으로 투고를 시작했는데. 어느새 그런 마음 온데간데없고 더 좋은, 더 큰, 더 나은 출판사를 기다린다며 먼저 연락 온 출판사를 보류한 채 시간을 보냅니다.

그럴 수 있습니다. 사람 마음이니까요. 하지만, 하나씩 한번 짚어 봅시다. 초보 작가의 원고인 줄 뻔히 알면서도 기꺼이 계약하자고 손을 내밀어준 출판사가 있습니다. 감사하지 않습니까? 고마운 일이지요. 가장 먼저 손을 내밀이준 출판사와 계약을 한 작가들은 후에 불평하는 일 거의 없습니다. 재고 따지고 분석하면서 온갖 생각을 다 한 끝에 계약하는 작가들은, 시간이 지난 후에 이런저런 불평과 불만을 토로하는 경우가 많습니다. 출판사의 일 처리가 많이 달라서 그런 걸까요? 아니면, 겸손과 자만의 차이일까요.

지난 7년 동안 500명이 넘는 작가를 배출했습니다. 셀 수 없을 만큼 다양한 출판사를 지켜보았고요. 아무 이유도 없이 계약을 해지하거나, 계속 미루기만 하면서 작가의 속을 태우거나, 약속된 인세를 아예 지급하지 않고 연락을 끊어버리는 '나쁜' 출판사는 서너 군데에 불과했습니다. 그런 출판사는 지금은 아예 찾아보기도 힘듭니다.

저는 지금 출판사의 편을 들고자 하는 것이 아닙니다. 중간자의 입장에서 지켜보니, 작가와 출판사 모두가 자신의 위치에서 맡은 바 역할을 충실히 하더란 얘기지요. 서로 이해하고 조금씩 양보하면서, 책이 잘 될 수 있도록 함께 노력하는 것이 마땅합니다. 작가는 출판사를 탓하고, 출판사는 작가의 책임으로 떠넘기고…… 이래서야 어찌 책이 잘 될 수 있겠습니까. 우리나라는 OECD 회원국 중 성인 독서량 최하위입니다. 한마음으로 똘똘 뭉쳐 독서 문화를 바꿔나가야 하는 것이 작가와 출판사 모두의 책무입니다.

저는 작가이기 때문에 출판사 이야기는 이 정도에서 접기로 하겠습니다. 제가 강조하고 싶은 것은 글 쓰는 사람의 태도입니다. 좋은 출판사 만나길 바라는 것이 잘못되었다는 말이 아닙니다. 우리는 초보 작가입니다. 문장력도 부족하고 표현력도 약합니다. 평생 글만 쓰는 사람도 있는데, 거기에 비하면 아무래도 모자란 점이 많을 것 아니겠습니까. 이런 사실을 인정한다면, 무조건 좋은 출판사 만나기만을 기대하는 것도 실은 좀 과한 욕심이지요. 글쎄요. 저의 이런 생각을 인정하지 못하는 작가들도 있을 거라는 생각이 듭니다. 각자의 판단과 선택의 문제일 테니까요.

'딱 한 군데에서만이라도 연락이 왔으면 좋겠다' 이것이 초보 작가 모두의 공통적인 생각임을 7년 동안 확인했습니다. 초심입니다. 첫 마음은 누구나 같았습니다. 그러다가 몇 군데 연락을 받기만 하면 아예 저한테 상담 전화조차 하질 않습니다. 자신이 엄청난 작품을 썼다는 마음에 공중으로 붕 뜨는 것이지요. 그런 사람을 볼 때면, 과연 내가 지금 하고 있는 일이 마땅하고 바른 것인가 회의가 들기도 합니다. 글쓰기보다 더 중요한 것이 태도입니다. 자만과 오만을 키우는 것이 글쓰기라면 차라리 쓰지 않는 편이 낫지 않을까요.

맨 처음 글을 쓰기 시작하는 사람들을 보면 흐뭇하고 행복합니다. 자신의 이야기를 펼쳐 나아가는 동안 눈물을 흘리기도 하고 환하게 웃기도 합니다. 사람과 글이 하나 되어 그 순간만큼은 삶이 글이 되는 것이지요. 부족하지만, 모자라지만, 그럼에도 누군가를 도울 수 있다는 생각에 살아있음을 느끼기도 합니다.

출판 계약을 체결하는 과정에서 이 모든 순수하고 아름다운 마음을 잃어서는 안 됩니다. 초심을 잃지 말아야지요. 좋은 일 하겠다고 시작한 글쓰기 아닙니까. 끝까지, 글 쓰는 사람으로…… 우리는 작가니까요.

칭찬과 인정, 비난과 비판에
흔들리지 않기를

글을 써서 SNS에 올리거나 책을 출간하고 나면 독자들의 반응을 확인할 수 있습니다. 어떤 사람들은 '평가 받는다'라고 표현하기도 합니다. 반응이든 평가든 작가 입장에서는 긴장되는 순간이 아닐 수 없지요. 인정과 칭찬을 받고 싶은 욕구는 인간의 본성입니다. '좋은 말'을 듣고 싶은 거지요. 냉정하고 진실한 평가를 해달라고 말하지만, 냉정하고 진실한 평가를 받을 때마다 절망하고 좌절합니다. 그러니까, 더 솔직하게 표현하면, "냉정하고 진실하게, 잘 썼다고 말해줘!"라는 의미라고 보는 게 맞겠습니다.

'좋은 평가'를 받으면 다행이겠지만, 기대에 미치지 못하는 반응을 접하게 되면 문제가 발생합니다. 특히, 초보 작가의 경우에는 멘탈이 급격히 무너집니다. 애써 글 한 편을 썼는데, 최선을 다해 책 한 권을 냈는데, 사람들의 반응이 시원찮으니 실망하게 되는 것이죠. 건설적인 비평이라면 그나마 견디기가 수월하겠지만, 혹여 악성댓글 비슷한 내용이라도 볼라치면 다시는 글 따위 쓰고 싶지 않다는 생각마저 들기도 합니다.

첫 책을 출간했을 때, 저도 별 소리 다 들었습니다. 막노동꾼이 글을 쓰니 역시나 거칠고 투박하구나, 사기꾼이 또 사기를 치는구나, 요즘은 개나 소나 다 책을 내는구나…… 나름 멘탈이 강하다고 생각했습니다만, 그런 종류의 댓글과 후기를 읽고 있으니 얼굴이 시뻘게지고 화가 나고 심장이 쿵쾅거리더군요. 댓글과 후기를 쓴 사람을 직접 만나 멱살이라도 잡고 싶은 심정이었습니다. 나를 세상에 드러내고 평가를 받는다는 것이 이토록 혹독하고 견디기 힘든 일이었구나 새삼 느낄 수 있었습니다.

할 수 있는 일이 아무것도 없어서 글을 썼는데, 이제는 글마저 쓸 수 없게 되는 것은 아닌가 두려워지기 시작했습니다. 내 이야기를 통해 다른 사람 도울 수 있다는 사실에 희망을 걸고 글 쓰는 삶을 살겠다고 다짐하고 노력했는데, 세상은 내 진심보다는 실력을 잣대로 평가할 뿐이라는 냉정한 현실을 마주하고야 말았습니다. 선택을 해야만 했습니다. 그럼에도 불구하고 계속 글을 쓸 것인가. 아니면, 이대로 포기하고 다른 길을 찾을 것인가.

작가의 인생 공부

첫 책을 낼 때만 해도 인력시장에서 육체노동을 하고 있었거든요. 책이 2월에 출간되었으니 한창 추운 겨울이었습니다. 날씨도 추운데 마음까지 추우니까 일하기가 더 힘들었습니다. 3월초에 출판사로부터 초판이 다 팔렸으니 2쇄를 찍겠다는 연락을 받았습니다. 일부 독자들의 비난과 악성 댓글이 여전히 사라지지 않고 있었지만, 그래도 제 글과 책을 아끼고 사랑해 주는 사람들이 많다는 사실에 얼마나 위로 받았는지 말도 못합니다. 그때 결심했습니다. 다음 책을 써야겠다! 매일 새벽 4시에 일어나 6시까지, 인력시장에 나가기 전에 글을 썼습니다. 집에 돌아와 저녁을 먹고 쉬다가 밤 9시부터 12시까지 글을 썼습니다. 하루 다섯 시간. 중간에 커피도 마시고 휴식도 취했으니, 이래저래 다 빼도 하루 평균 네 시간씩 글을 썼다는 얘기지요.

2016년 2월에 첫 책을 출간하고, 같은 해 9월과 10월에 걸쳐 두 권의 책을 추가로 냈습니다. 9개월에 걸쳐 세 권의 책을 출간한 셈이지요. 한 번도 글을 써 본 적 없는 초보 작가가 감옥에서 시작하여 막노동판 전전하면서 세 권의 신간을 세상에 내놓은 겁니다.

재미있는 현상을 발견했습니다. 세 권의 책을 출간하는 과정에서도 사람들의 비난과 악성댓글은 여전했거든요. 그런데 저는, 정작 제 자신은 그런 비난과 악성댓글에 전혀 신경을 쓰지 않고 있었습니다. 좌절하고 절망해서 다시는 글을 쓰지 못하는 것 아닌가 염려했었는데, 어느새 세상의 반응과 평가에 무감각해지고 있었습니다. '신경 쓰지 말아야지' 하며 결심하거나 노력한 게 아닙니다. 저는 그저, 매일, 글을, 썼을 뿐입니다.

글을 형편없이 쓰면 세상과 독자는 비판하고 채찍질합니다. 당연한 일이지요. 그런데, 한 가지 주목해야 할 사실이 있습니다. 글을 제법 써도 비난하는 사람들이 있다는 사실입니다. 무슨 말인가 하면요. 내가 글을 어떻게 쓰든 상관없이 나의 글을 비난하거나 악성댓글 다는 사람들이 존재한다는 뜻입니다. 그들은 내 글의 내용이나 수준과는 무관합니다. 아마도 제가 글을 쓰지 않아도 비난할 겁니다. 그러니까, 그들의 입맛에 맞는 글을 쓴다는 것은 애초부터 불가능한 일이란 의미입니다.

생각이 여기에 미치자 더 없이 자유롭고 홀가분해졌습니다. 덕분에 저는, 제 글을 아껴주고 응원해주는 독자들에게만 집중할 수 있었습니다. 그들의 한 마디에 힘을 얻고, 그들의 박수에 용기를 얻고, 그들의 사랑에 감사하면서, 더 열심히 글을 쓸 수가 있었습니다.

글쓰기뿐만 아닙니다. 인생 모든 일이 마찬가지입니다. 사람들로부터 칭찬과 인정을 받을 때도 있고 비난 또는 비판을 받을 때가 있습니다. 어떤 평가를 받는가 하는 것도 중요하지만, 평가하는 사람들의 속성을 제대로 알아야 할 필요도 있습니다. 진정으로 나를 위하고 아끼는 마음에서 조언과 충고를 하는 것인지, 아니면 그저 입방아 찧는 습관을 즐기는 자들의 생각 없는 날림인지를 구분할 수 있어야 합니다. 우리 자신을 위해서 말입니다.

글을 쓴다는 것은 제게 소중한 꿈이자 인생의 여정입니다. 그 무엇으로부터도 방해 받고 싶지 않습니다. 반드시 지켜내야 할 '제 것'이지요. 부족하고 모지란 점은 공부하고 배우고 익히며 노력해서 보완하면 됩니다. 잘하는 점은 더 발전시켜야 하겠지요. 허나, 오직 저의 감정을 상하게 만들고 내려깎기 위해 던지는 돌멩이로는 제 털끝 하나 건드리지 못할 것입니다. 이런 마음으로, 저는 오늘도 글을 씁니다. 누가 무슨 말을 하든 흔들리지 않을 수 있는 최선의 방법은, 그 일을 계속하는 것입니다.

나를 위한 선물

10년을 썼는데도 여전히 힘듭니다. 백지를 마주하고 있으면, 오늘은 또 무슨 내용을 어떻게 써야 하나 막막할 때가 많습니다. 때로 글 또는 책을 쓰기가 쉽다고 말하는 사람도 있는데요. 도저히 이해할 수 없습니다. 대체 어떤 방법으로 쓰는 것인지 그 과정을 지켜보고 싶은 생각마저 들 정도입니다. 처음으로 글을 쓰려는 사람들을 만나 그들이 힘들고 어렵다 말하는 것을 들으면 충분히 이해하고도 남습니다. 10년 동안 써도 어려운데 이제 막 시작하는 사람들은 오죽하겠습니까.

가장 먼저 독자들을 떠올립니다. 이름도 얼굴도 모르지만, 그들이 제 글을 읽고 밑줄을 긋고 깊이 생각하고 공감하고 고개를 끄덕이며 그 내용을 자신의 삶에 적용함으로써 변화하고 성장할 거라고 상상합니다. 가슴이 뜨거워집니다. 책임감도 느껴집니다. 뜬구름 잡는 소리를 해서는 안 되겠구나, 경험하지 않은 이야기는 삼가야겠다, 더 쉽게 전달할 방법은 없을까, 적당한 사례가 또 있지 않을까…… 고민하고 연구합니다. 그렇게 글을 쓰고 책을 내도 늘 아쉬움이 남습니다. 좀 더 잘 쓸 수 있었는데. 그래서 또 글을 쓰고 다음 책을 준비하는 것이죠.

맨 처음 글을 쓰기 시작했을 때, 제가 가장 많이 했던 생각은 이것입니다. '나에겐 글쓰기 재능이 없구나.' 아무리 써도 그럴 듯한 문장이 나오지 않고, 다 쓴 글을 읽어 보면 도대체 무슨 말인지 이해할 수가 없었습니다. 책을 많이 읽으면 글 쓰는 데 도움이 된다 하여 미친 듯이 읽기도 했지요. 별 도움 되지 않았습니다. 독서 따로 글쓰기 따로, 미치는 줄 알았지요. 무슨 일이든 배우고 익히면 실력이 늘어나야 하잖아요. 그런데 이놈의 글쓰기는 고3 때보다 더 열심히 공부해도 도무지 향상되지 않으니 환장할 노릇이었습니다.

지금까지 책을 여섯 권 출간했습니다. 출간한 책이 대형 서점에 진열되어 있다는 소식을 듣고 한 번씩 가 보거든요. 아! 이 일을 어쩌나요! 엄청난 판매량을 자랑하는 베스트셀러 주변에 초라하게 앉아(?) 있는 제 책을 보면서 또 한 번 같은 생각을 합니다. '나는 글쓰기 재능을 타고나지 못했나 봐.'

정리하면 이렇습니다. 글을 쓰기 전에도 재능이 없다는 생각이 들고, 글을 쓰는 중에도 재능이 없다는 생각이 들며, 다 쓴 후에도 재능이 없다는 생각이 듭니다. 이쯤 되면 '생각'만 드는 게 아니라 팩트입니다. 저한테는 글쓰기 재능이 없습니다. 인정합니다.

글쓰기 재능이 없는 제가 여섯 권의 책을 출간하고, 지금 일곱 번째 책을 쓰고 있으며, 512명의 작가를 배출했습니다. 무슨 뜻일까요? 네, 맞습니다. 글을 쓰는 데에는 재능 따위 아무 상관이 없다는 말입니다. 혹시 이 글을 읽는 독자 중에서 자신이 글쓰기 재능이 없다고 생각되는 사람 있다면 꼭 전하고 싶은 얘기가 있습니다. 제가 경험한 내용이니까 믿고 따라 해도 좋습니다. 아마 틀림없이 효과가 있을 겁니다.

"난 글쓰기 재능이 없어. 그래도 오늘 한 페이지 다 채웠어."
이게 전부입니다. 재능 없는 사람은 글 쓰면 안 됩니까? 그런 법은 없지요. 잘 쓰지 못해도 그냥 씁니다. 기분이 좀 나빠도 그냥 씁니다. 머리가 아파도, 허리가 뻐근해도, 걱정거리가 있어도, 남편이 술을 마셔도, 아내가 잔소리를 해도, 아이들이 말썽을 피워도, 아이디어가 떠오르지 않아도, 글감 찾기가 힘들어도, 다른 바쁜 일 많아도…… 그냥 씁니다. 글은, 그냥 쓰는 겁니다. 생각 많다고 글 잘 쓰는 것 아니고, 시간 많다고 글 잘 쓰는 것 아니고, 노트북 성능 좋다고 글 잘 쓰는 것 아닙니

　　　　　　　　　　　　　　작가의 인생 공부

다. 우리는 늘 문제를 안고 살아갑니다. 모든 문제가 완벽히 해결되고 평온한 일상이 오면 그 때 쓰겠다는 말, 현실과 동떨어진 이야기입니다. 문제와 함께, 뭔가 탁 트이지 않고 막막할 때, 가슴이 막혀 우울할 때, 그냥 그렇게 쓰는 겁니다.

인생 다른 일도 모두 마찬가지입니다. 완벽한 준비? 여유? 그런 건 없습니다. 마치 그런 날이 올 거라는 기대만 갖고 평생 살아갈 뿐이지요. 지금까지 살면서 몸과 마음 모두 온전히 평온한 날이 하루라도 있었던가요. 때를 기다리는 사람은 결코 그 때를 만나지 못합니다. 지금을 그 때로 만들어버리면 언제든 쓸 수 있습니다.

글을 쓰려고 하면 꼭 장애물이 나타납니다. 외부 환경이나 사건이 글을 못 쓰게 방해하기도 하고, 머릿속 원숭이가 쉴 새 없이 지껄이는 통에 집중할 수 없을 때도 많습니다. 이러한 모든 장애물을 극복하고 한 편의 글을 완성했을 때, 그리고 한 권의 책 원고를 다 채웠을 때, 그 기쁨과 성취감과 희열은 세상 어떤 행복과도 비할 수 없을 만큼 짜릿합니다. 책 한 권을 쓰는 사람은 무슨 일이든 할 수 있다는 말도 이런 사실에서 비롯된 것이겠지요.

장애물은 나를 막는 벽이 아닙니다. 극복하고 넘어섰을 때 최고의 기쁨과 행복을 만나게 해준다는 차원에서 더할 나위 없는 '선물'이라고 생각해야 합니다. 장애물 하나를 넘어설 때마다 우리는 조금씩 성장합니다. 세상 모든 경험 중에서 극복의 경험만큼 도움 되는 것이 또 있겠습니까.

그럼에도 불구하고 해냈다는 성취감. 나 같은 사람한테도 누군가를 도울 수 있는 힘이 남아 있다는 존재감. 이러한 극적인 감정들이 모두 내 삶으로부터 비롯되었다는 자존감. 장애물은 결코 거부하거나 회피할 대상이 아닙니다. 언제 어디서 무얼 하든 우리를 막는 장애물은 항상 나타날 겁니다. 그리고 우리는, 반드시, 그 장애물을 뛰어넘을 겁니다.

무엇이 나로 하여금 쓰게 만드는가

마음이 허전한 이유는 신념과 열정의 부족 때문입니다. 어떻게 살아야 하는가? 나는 무엇을 하며 살아갈 것인가? 그것은 어떤 의미와 가치가 있는가? 이러한 질문에 대한 답변이 바로 자신의 신념이자 열정입니다. 마땅히 옳다고 여기는 길을 따라 쉼 없이 나아가는 것이죠.

한 편의 글을 쓴 후에 같은 방에 수감되어 있는, 나름 책 좀 읽는다는 J에게 글을 보여주었습니다. J가 "글이 너무 좋다!"라고 하면, 그 날은 종일 기분이 좋았습니다. J가 "오늘은 별로다"라고 밋밋한 반응을 보이는 날에는 종일 찝찝하고 기분이 좋지 않았습니다. 제가 어떤 글을 썼는지, 핵심 메시지가 무엇인지, 그것이 누구한테 어떤 도움을 줄 수 있는지, 이런 것들은 하나도 중요하게 여기지 않았습니다. 오직 J의 반응에 따라 저와 제 글의 가치를 따지고 있었던 겁니다.

오래 전, 회사에서 일을 할 때도 마찬가지였습니다. 말단 사원으로 일할 때, 윗사람이 시키는 일만 했거든요. 시키는 일만 부지런히 잘 해도 얼마든지 인정받고 승진할 수 있을 거라 생각했습니다. 물론, 그런 생각이 잘못된 것은 아닙니다. 회사마다 분위기라는 게 있지요. 당시 제가 다니던 회사는, 신입사원은 시키는 일만 잘 해도 충분하다는 분위기였습니다. 문제는 저의 기분과 일을 대하는 태도였습니다. 상사나 동료가 "잘했다!"고 하면 잘한 줄 알았습니다. 그들이 "못했다!"고 하면 못한 줄 알았지요. 무엇을 위해 어떻게 일하며, 또 어떤 성과를 내어야 하는가, 그 일은 어떤 가치가 있는가, 나에게 일은 어떤 의미인가, 이런 생각은 전혀 하지 않았습니다. 그야말로 '기계의 부속품'에 불과했습니다. 실제로 일을 잘했는지 못했는지는 중요하지 않았습니다. 팀장 기분이 좋은 날에는 대충 일해도 잘했다고 했고, 팀장이 부부싸움이라도 하고 출근한 날에는 아무리 일을 잘해도 혼나기 일쑤였습니다.

칭찬 받은 날에는 마치 제가 정말로 일을 잘하는 유능한 사원처럼 느껴져서 기고만장했고요. 야단맞은 날에는 저 자신이 형편없는 존재 같아서 종일 우울했습니다. 제 삶의 모든 것이 윗사람과 동료들 손에 달려 있는 것처럼 살았습니다. 불행할 수밖에 없었겠지요.

작가의 인생 공부

막노동 현장에서 일할 때도, 누군가 곁에서 일 잘한다고 칭찬해주면 마냥 좋았습니다. 일 똑바로 못하냐고 호통을 치면 주눅이 들어서 더 엉망으로 일했습니다. 제 실력이 어느 정도인지, 무엇을 배워 어떻게 적용할 것인지, 이런 생각은 아예 하지도 않고 그저 칭찬과 인정만 받고 싶어 안달이었지요.

처음 책을 냈을 때도 다르지 않았습니다. 독자들의 반응이 좋으면 마치 제가 엄청난 작가가 된 것 같은 생각이 들었습니다. 조금이라도 삐딱한 댓글을 접하면, 순식간에 기분이 나빠져서 글도 쓰지 않은 채 불평과 불만민 기득 품었습니다, 글쓰기에 집중하지 않고 사람들 반응에만 예민했습니다.

칭찬과 인정을 받고 싶은 욕구는 인간의 기본 성질입니다. 누구나 마찬가지입니다. 다른 사람한테 좋은 말 듣고 싶지요. 욕설이나 험담 듣고 싶은 사람 누가 있겠습니까. 하지만, 당연한 본성이라고 해서 그것이 나 자신에게 악영향을 미치는 데에도 그냥 두고 볼 수는 없습니다. 제대로 알고 바꿔야 합니다.

감히 말씀드리건대, 타인의 칭찬이나 험담 모두를 우습게 여기는 태도를 가져야 합니다. 제가 매일 반복해서 중얼거리는 만트라가 있는데요. 그 중에 하나가 바로 이것입니다. "다른 사람 말과 시선은 중요하지 않다!" 오죽하면 매일 반복하겠습니까. 하루만 빼먹어도 금세 제 마음은 다른 사람에 의해 흔들리기 때문입니다. 본성을 좌우한다는 것이 이렇게 힘든 일입니다. 하지만, 매일 반복하면 효과는 엄청납니다. 제가 지금까지 매일 글을 쓰고, 한 달 평균 25회 강의를 하고, 500명이 넘는 작가를 배출하고, 단 한 번도 멈춤 없이 〈자이언트〉를 운영해올 수 있었던 원동력은 바로 '다른 사람 반응에 흔들리지 않았기' 때문입니다.

　귀한 조언은 새겨들어야 합니다. 건설적인 비판은 수용해야 합니다. 그래야 더 발전할 수 있습니다. 그러나, 세상에는 진심어린 조언과 건설적인 비판만 있는 게 아닙니다. 오히려 생각 없는 비난과 비난을 위한 비난과 나를 깎아내리려는 악담이 훨씬 많습니다. 받아들여야 할 조언이 있는가 하면 무시해야 할 오지랖도 많습니다. 내 인생에 아무런 도움도 되지 않는, 그들 자신도 별 관심이 없는, 마구 던지는 헛소리에 일희일비하는 것만큼 어리석은 일은 없습니다.

　다른 사람 말에 휘둘리지 않기 위해 가장 먼저 해야 할 일은 스스로 중심을 잡는 것입니다. 공부하고 노력해야 합니다. 내가 제대로 알아야 귀가 두꺼워집니다. 유튜브와 SNS를 통해 온갖 정보와 '말'들이 넘쳐나는 세상이지요. 그 모든 것들을 하나하나 다 신경 쓰면서 어떻게 살아가겠습니까. 나의 중심이 견고하면 비바람 몰아쳐도 끄떡없습니다. 책 읽고 견문을 넓히고, 나름의 철학과 가치관을 갖고, 어떻게 살아갈 것인가 인생 목표와 가치를 분명히 하는 일에 시간과 노력을 쏟아야 합니다. 신념은 사람을 강하게 만듭니다. 강한 신념을 품고 살아가면, 다른 사람 반응에 연연하는 게 아니라 어떻게든 다른 사람 돕는 일에 몰입할 수 있지요. 신념에 존재 가치가 더해지면, 그야말로 천하무적이 될 수 있습니다.

인생에는 기획이 없다

책을 한 권 쓰기 위해서는 가장 먼저 기획을 해야 합니다. 어떤 주제로 쓸 것인가? 어떤 내용으로 주제를 뒷받침할 것인가? 어떤 사람들한테 전할 것인가? 순서와 구성은 어떻게 설계할 것인가? 이 모든 준비가 완료되어야 비로소 집필을 시작할 수 있습니다. 때로, 재능을 타고난 작가가 일필휘지로 글을 써서 책 한 권을 뚝딱 내는 경우도 있다 하지만, 저 같은 보통 사람에게 그런 일은 결코 일어나지 않을 거라고 확신합니다. 숙고하고 궁리해서 기획을 하고 나면, 그 다음부터는 멈추지 않고 글을 씁니다. 초고를 완성하고 나면, 아무래도 부족하고 모자란 점이 눈에 많이 들어옵니다. 기획한 내용에 맞는지 확인하고 점검해서 수정하고 보완하는 작업을 오랜 시간 거치게 됩니다.

기획이라는 단계가 있다는 사실이 감사하고, 또 다행이라고 생각합니다. 무턱대고 글을 쓰는 것이 아니라, 핵심 메시지를 정하고 그에 따라 생각의 방향과 삶의 경험을 떠올리는 것이죠. 실수와 실패를 사진에 줄일 수 있고, 혹여 실수와 실패를 하더라도 바로잡기가 수월합니다. 모두가 기획 덕분입니다.

인생에는 기획이 없습니다. 모든 준비를 마치고 태어나는 사람은 없습니다. 어떤 주제로 어떻게 살아갈 것인가, 아무것도 모른 채 인생을 시작합니다. 안타깝습니다. 아쉬운 일이지요. 그래서 많은 사람이 살아가는 동안 후회도 하고 반성도 하게 되는 겁니다.

기획 단계가 없다고 해서 닥치는 대로 마구 살아도 된다는 얘기가 아닙니다. 신이 우리를 만들 때, 준비 기간을 부여하지 않은 것은 나름의 이유가 있다고 생각합니다. 어떤 경험을 하든, 그것은 실수도 아니고 실패도 아니라는 뜻 아닐까요? 물질 세상에서 일어나는 모든 것들, 우리가 보고 듣고 체험하는 모든 것들은 오직 '경험'일 뿐입니다. 인간이라는 존재로서 누릴 수 있는 유일한 경험입니다. 경험 그 자체로 소중하다는 뜻일 테지요.

시험에 떨어진 경우, 대부분 사람이 미치겠다, 죽겠다, 환장하겠다 말합니다. 그런 경험을 하는 이유는 미치고 죽고 환장하도록 만들기 위함이 아니지요. 원하는 것을 이루지 못했을 때의 감정을 느끼는 경험, 그것을 겪어 보라는 신호일 뿐입니다. 시험에 낙방한 후, 공부하는 요령이나 방법 등을 새롭게 바꾸고 재도전해서 다음 기회에 성과를 낸다면, 이것이 과연 실수이고 실패인가 따져 볼 필요가 있습니다.

대학 입시에 떨어졌고, 재수해서 합격했습니다. 사업에 실패하고 모든 것을 잃은 후 지금은 글 쓰는 삶을 전하는 메신저가 되었습니다. 지금의 저를 보면서 누구도 '실패자'라고 부르지 않습니다. 성공했기 때문이 아니라, 실패를 실패로 그냥 두지 않았기 때문입니다.

작가의 인생 공부

제 인생에 가혹한 시간이 있었던 이유는, 실패자로 무너지라는 게 아니라, 가혹한 시간을 보내고 있는 또 다른 사람들을 도우라는 신호였습니다. 아주 조금 신의 섭리를 이해하고 나니까 살아가는 것이 기쁘고 행복하기 시작했습니다. 어렵고 힘든 일을 만날 때마다 비슷한 일을 겪는 사람 돕겠다는 마음으로 받아들입니다. 인생 과제입니다. 소명이라 부르지요.

돌이켜보면, 어느 한 순간도 우연은 없었습니다. 모두가 지금의 저와 제 인생을 만들기 위한 경험이었습니다. 이렇게 생각하면 소중하지 않은 순간이 없습니다. 과거를 다르게 해석하는 힘은 지금과 미래를 새롭게 만듭니다. 오늘 제게 일어나는 일이 미래의 저를 다르게 만든다는 말이지요. 결코 소홀하게 보낼 수 없습니다.

평범하고 정상적인 삶도 살아 봤습니다. 돈 많이 벌면서 떵떵거리는 삶도 살아 보았습니다. 모든 것을 잃고 바닥으로 추락해 수 년 동안 거지꼴로 살아 보기도 했습니다. 지금은 글 쓰면서 새로운 삶을 만나 제 인생에 의미와 가치를 부여하면서 살고 있습니다. 비단 저뿐일까요? 사람은 누구나 좋은 일과 나쁜 일 두루 겪으며 살아갑니다. 매 순간 어떤 일이 일어날 것인가 전전긍긍하면서 살아가기보다는, 어떤 일이 일어나든 배울 점 찾아 내 것으로 만들겠다는 태도를 가졌으면 좋겠습니다. 전쟁 통에 수많은 생명이 지상을 떠나기도 하지만, 그 와중에도 새로운 생명이 태어나는 환희를 만나기도 합니다. 나쁜 일이라고 해서 계속 나쁘게만 이어지지 않고, 좋은 일이라고 해서 마냥 행복이 계속되는 것도 아닙니다. 경험과 확장이라는 두 개의 키워드가 인생의 핵심 메시지라면, 우리가 주목해야 할 것은 배움과 성장일 테지요.

"무슨 일이 있었어?"라고 묻지 말고, "무엇을 배웠어?"라고 물어야 합니다. "어느 곳으로 여행 다녀왔어?"라고 묻기보다는

작가의 인생 공부

"그 곳에서 무엇을 배웠어?"라고 질문해야 합니다. 오늘이라는 삶을 좋았다 나빴다 구분하고 평가하기보다는, 오늘은 내 인생에 있어 어떤 의미인가 가치를 부여하는 것이 진정 우리가 해야 할 일이겠지요.

인생에 기획 단계가 없다는 사실은 안타깝고 아쉬운 일입니다. 그렇다고 해서 영원히 인생 초고만 쓰고 있을 수는 없습니다. 이제는 멈추어야 합니다. 고요히 앉아 자신을 돌아보고, 그동안 써내려온 인생 이야기를 차분하게 읽어야 할 때입니다. 메시지도 부여하고 오타도 골라내고 구성도 정리합시다.

잘 쓰고 싶어서 잘 살기로 했습니다. 글이 좋아지면 인생도 좋아집니다. 이제, 다음 글을 쓰려고 합니다.

2022년 가을
이은대